Graziella Schmidt

Im Herzen berührt

Graziella Schmidt

Im Herzen berührt

zurück zu den Wurzeln
aus eigener Kraft voran

Spirituelle Hebamme®
Graziella Schmidt

Copyright	© 2005, zurzeit Selbstverlag
	Graziella Schmidt – D / CH –
	www.graziella.li
	2. Auflage, November 2005
Foto	Evelyne Siegrist
Cover & Logo	Andrea Disch
Lektorat	Maria Böhly-Maier
Herstellung	fgb · freiburger graphische betriebe
	www.fgb.de
ISBN	3-033-00489-X
	978-3-033-00489-4

Inhalt

Widmung

Ich widme dieses Buch meiner Familie
in Deutschland und Slowenien –
besonders meinen Kindern Tanja und Milan.

Danksagung

Ich danke all den Menschen, die mich auf meinem Weg unterstützt haben wie Maja Schnorf und Dr. Fritz Schnorf, PD Dr. med. Jakob Bösch, Prof. Dr. med. Christian De Geyter und seinem Team, dem Team der Externen Psychiatrischen Dienste Bruderholz, bei dem ich mich aufgehoben fühle. Speziell möchte ich mich bei den Damen des Sekretariats: Evelyne Siegrist, Franziska Roth, Elisabeth Gschwind, Annarös Mosimann, Christine Stutz, Eveline Gerber und Marianne Reinhard bedanken. Ein herzliches Dankeschön auch dem Verwalter der KPD, Herrn H.-P. Ulmann, und bei der Personalchefin, Frau I. Hirzel, die mit ihrem Wohlwollen dazu beigetragen haben, dass meine Arbeit an der EPD Bruderholz möglich war. Ich danke allen Teilnehmerinnen und Teilnehmern der ersten und zweiten Studie und natürlich all den Menschen, die mir durch ihr Vertrauen die Ehre gaben und geben mit meiner weiteren Arbeit wie z. B. bei Heil-Nachmittagen, Heilsamen Begegnungen, Workshops und Seminaren meiner Berufung zu folgen.

Alles Liebe – alles Beste
Graziella Schmidt, Dezember 2004

Vorwort I.

„Im Herzen berührt – zurück zu den Wurzeln – aus eigener Kraft voran" – diese Aussagen lösen in mir Fragen aus wie:

„Wer bin ich? Woher komme ich? Wohin gehe ich?" Es sind Grundfragen in meinem Leben, welche Verkrustungen aufbrechen und welche verwirren können.

„Bin ich meines eigenen Glückes Schmied – im Innersten frei fürs Leben, nachdem ich endlich alle religiösen Fesseln abgelegt habe? Finde ich wahrhaftige Antworten auf die Frage nach dem Lebenssinn dort, wo ich mir meiner religiösen Bindungen erst bewusst werde und auf Gott höre? Ist Gott selber mein Innerstes?"

Im Jahre 2003 habe ich während vier Monaten in Houston/Texas das Leben in einer schwarzen Baptistengemeinde kennen gelernt. Jeweils am Mittwochabend besuchte ich in der Kirche die vom Pfarrer durchgeführten Bibelstunden. Auf meine Frage, wie ich den göttlichen Willen in mir von meinem eigenen unterscheiden könne, gab er mir zur Antwort: „Dort, wo ein Feuer in Dir brennt für eine Sache, wo Du mit Deinem Herzen ganz dabei bist – dort hat Gott Dein Innerstes berührt!"

Mein Innerstes kann Feuer und Flamme sein einmal für dies und einmal für jenes. In meinem Herzen vom Gott des Alten und Neuen Testamentes berührt zu sein bedeutet für mich jedoch: Meine Augen werden liebevoll auf die mir von ihm geschenkten Kräfte und Fähigkeiten hingeführt und mit einem Augenzwinkern steht Gott freundlich neben mir und sagt: Schau mal, wie reich ich Dich ausgestattet habe!" Und es werden Verkrustungen aufbrechen bei mir, ich werde erfüllt sein von einer wärmenden Kraft und ich werde neue Schritte wagen in eine neue Freiheit hinein zum Wohl von anderen Menschen.

Ich habe Graziella Schmidt kennen gelernt als eine Frau, welche die Berührung ihres Herzens wahrgenommen und daraus ungeahnte Kräfte und Fähigkeiten geschöpft hat. Sie möchte anderen Menschen helfen, sich zu öffnen, damit sie die Fülle der eigenen Möglichkeiten wahrnehmen und lieben. Die von ihr an Körper, Seele und Geist angerührten Menschen möchte sie in die Mündigkeit entlassen als selbstbewusste Menschen mit aufrechtem Gang: Wie die Hebamme, welche bei der Geburt des Kindes dabei ist und es dann dort gedeihen lässt, wo es hingehört. Es ist gut zu wissen, dass Graziella Schmidt da ist – als Begleiterin, als Mutmacherin, als „spirituelle Hebamme".

Auf die Fragen „wer bin ich? Woher komme ich? Wohin gehe ich?" hat der jüdische Religionsphilosoph Martin Buber als Antwort einmal folgende kurze Geschichte erzählt:

„Rabbi Sussja hat seinen Schülern einmal erklärt: In der kommenden Welt wird man mich nicht fragen: ‚Warum bist Du nicht Moses oder warum bist Du nicht Jesus gewesen?' Man wird mich fragen: ‚Warum bist Du nicht Sussja gewesen?'"

Hansueli Ryser
(ev.-ref. Pfarrer, Liebefeld bei Bern)

Vorwort II.

Als ich Graziella Schmidt das erste Mal getroffen habe an meiner Arbeitsstelle an den Externen Psychiatrischen Diensten Baselland (EPD), waren mir Begriffe wie geistig-energetisches Heilen und Spiritualität noch nicht sehr vertraut. Wir kamen in gemeinsamen Kaffeepausen und Mittagessen ins Gespräch. Ich begann mich für ihre Arbeit zu interessieren und wies ihr auch Patientinnen zu, als das im Rahmen des ersten Forschungsprojekts über die Wirkung von Geistheilung bei psychiatrischen Patienten noch möglich war.

Als ich bei einem Patienten bei einer solchen Behandlung anwesend war, überkam mich ein unbändiger Drang zu lachen. Ich hatte offenbar auch etwas abbekommen von der Behandlung. Durch solche Erlebnisse und die Erfahrung mit den Patienten, verbunden mit der bodenständigen und humorvollen Art von Graziella, bekam ich allmählich die Vorstellung, dass spirituelle Heilmethoden etwas bewirken können.

Dieses Verständnis vertiefte sich, als ich ihre Arbeitsweise sowohl in Einzelsitzungen als auch im Rahmen von Workshops noch besser kennen lernte. Dabei habe ich an mir selber zwar keine Wunder festgestellt, aber ich machte dabei interessante Erfahrungen wie z. B. folgende: Im Laufe einer Behandlung fragte mich Graziella, ob ich mit dem Bild, das sie vor ihrem geistigen Auge sah, etwas anfangen könne. Sie hatte einen Knaben unter Wasser in einer Art Wasserloch gesehen. Mir kam in den Sinn, dass ich als Vier- oder Fünfjähriger in ein Wasserloch gefallen war und von meinem Vater, der das zufälligerweise gesehen hatte, herausgefischt wurde. Nach den Behandlungen fühlte ich jeweils eine tiefe Entspannung, ein Wohlbefinden und ein Gefühl von Freude und Kraft. Daneben ergab sich aber etwas ganz anderes. Durch die vielen gemeinsamen Gespräche und Erlebnisse mit Graziella hat sich ein Vertrauen entwickelt, das meine schulmedizinische Skepsis in eine wohlwollende Neugierde verwandelte. Ich sah, dass hier kein Hokuspokus betrieben wurde, sondern dass Graziella seriös und verantwortungsbewusst arbeitet, dabei aber eine ansteckende Freude ausstrahlt und einen gewinnenden Humor an den Tag legt. Trotz eindrücklicher Erfolge ist Graziella sich selber treu geblieben und hat die Füße am Boden behalten. Die Welt, die mir Graziella durch ihren konkreten Anschauungsunterricht eröffnet hat, ist eine wichtige Dimension meiner therapeutischen Arbeit als Psychiater geworden. Sie hat mir gezeigt, dass Spiritualität nicht etwas Abgehobenes ist, das in esoterischen oder frommen Zirkeln stattfindet, sondern ihren Platz im Alltag finden kann, auch im psychiatrischen Alltag. Darüber hinaus habe ich mich selber in einer Weise verändert, die man am besten mit den Worten umschreibt: „Im Herzen berührt – zurück zu den Wurzeln – aus eigener Kraft voran."

Ich hoffe, das vorliegende Buch erleichtert vielen Menschen den Zugang zu dieser Welt.

Bruderholz, 20.10.2004

Dr. med. Jörg Wanner, stv. Chefarzt
(Externe Psychiatrische Dienste BL)

Meine erste Heimat

Kindertage in Kriegszeiten und Nachkriegszeiten

Geboren wurde ich in dem kleinen Dorf Neblo in Slowenien, dem grünen Herzen von Europa. Das war genau am 25. Dezember 1941. Es war Weihnachten und Krieg zugleich. Ich bin ein Achtmonatskind und es hieß, dass die Geburt sehr schwierig gewesen sein muss. Man sagte: Sowohl die Mutter als auch ich wären auf der Kippe gewesen – also, mehr tot als lebendig. Das ganze Dorf hatte sich bereits versammelt und auch der Pfarrer war schon parat. – Ich glaube, der Pfarrer hat uns dann so ordentlich mit Weihwasser gesegnet, dass wir dann doch noch am Leben geblieben sind. Ja, es wird noch heute nach so vielen Jahren davon erzählt. Da Krieg herrschte, war es schwierig mich als Frühgeburt gleich in einen Brutkasten zu legen. So kam ich erst einmal in einen mit Watte ausgepolsterten Schuhkarton und wurde zum Wärmen neben den mit Holz angefeuerten Herd gestellt. So ist es eine Weile ganz gut mit mir weitergegangen.

Da im Krieg alle Menschen unter großen Ängsten litten, passierte mancherlei. Es konnte etwa vorkommen, dass sich Menschen als wahre Feinde begegneten und ein nächstes Mal trotz Feindschaft geholfen haben. Ich kann mich noch gut daran erinnern, dass wir auf der Flucht waren und die Häuser brannten. Schlafen mussten wir oft im Freien, immer wieder an verschiedenen Orten und in Verstecken.

Ich weiß, dass bei allen noch viele Jahre nach dem Krieg die Angst da war, es könnte wieder Krieg geben.

Wir waren vier Geschwister in meinem Elternhaus und ich bin die Älteste. Nach mir kamen jeweils im Abstand von vier Jahren mein Bruder Milan, meine Schwester Zaria und zuletzt mein Bruder Veljko.

Ich habe jeden Einzelnen der drei Geschwister auf meinem Rücken getragen. In meinem Elternhaus gab es keinen Kinderwagen, aber so schnell wie ich wäre gewiss auch kein Kinderwagen dieser Welt gewesen. Die älteren Geschwister mussten zu dieser Zeit die Jüngeren meistens mitnehmen, wo auch immer sie hingingen. Wenn ich heutzutage sehe wie modern Rucksacktragen ist, wo man auch hinguckt: alle Welt trägt einen Rucksack – ob arm oder reich – da denke ich so oft bei mir: Mein lebendiger Rucksack, das waren damals meine Geschwister!

Einmal rannte ich mit einem Geschwisterchen auf dem Rücken die Hügel herunter, da verspürte ich etwas Warmes, Weiches, Federndes unter meinen nackten Fußsohlen. Als ich genauer hinschaute, sah ich, wie eine Schlange, die sich wohl schlafend gesonnt hatte, blitzschnell ins Gebüsch verkroch. Ihr war nichts geschehen und mir auch nicht, denn sie muss derart über meinen Fußtritt verblüfft gewesen sein, dass sie völlig vergaß, mich zu beißen. Zu Schlangen habe ich ein ganz besonderes Verhältnis, aber dazu später mehr.

Als noch ganz kleines Kind bin ich an Diphtherie erkrankt. Ich kann mich noch genau daran erinnern, wie ich beinahe erstickt bin. Immer wieder musste ich zum offenen Fenster getragen werden. In der Not brachte man mich in ein italienisches Krankenhaus nach Gorica. Es war kalt und wir fuhren in einer offenen Pferdekutsche. Direkt auf der Brücke über dem Fluss kam uns ein Jeep mit amerikanischen Soldaten entgegen. Ich weinte laut wegen dieser entsetzlichen Halsschmerzen und die Soldaten warfen uns eine Orange herüber. So habe ich die erste Orange in meinem Leben gesehen, konnte sie aber nicht einmal essen.

Wir kamen ins Krankenhaus, das unter der Regie von Nonnen stand. Ich sah nur überall Nonnen. Das ist mir noch bis heute gut in der Erinnerung geblieben. Meine Mutter durfte nicht mit hinein ins Hospital. Ich schrie drinnen wie am Spieß und meine Mutter weinte draußen im Garten.

An dieses Untersuchungszimmer im Krankenhaus kann ich mich noch heute haargenau erinnern. An der Wand stand ein Kachelofen davor eine schmale Holzbank. Die Nonnen rissen mir die Kleider blitzschnell vom Körper, drückten mich fest auf die Holzbank und schon spürte ich die spitze Nadel der Spritze in meiner Hinterbacke. Ziemlich schnell wurde ich danach ruhig, kann mich aber an nichts Weiteres mehr erinnern. Später hat man mir erzählt, wie ernst alles um mich gestanden hatte und dass die Nonnen deswegen so schnell haben handeln müssen. – Gott sei Dank, sonst hätte ich diese Zeilen heute nicht mehr schreiben können! – Im Krankenhaus blieb ich noch ganze drei Monate. Als ich danach nach Hause kam, sprach ich ziemlich gut italienisch.

Später 1994 hatte ich ein Erlebnis während eines Work-
shops, einer schamanischen Reise. Es wurde getrommelt. Wir
waren alle in einem ruhigen, meditativen Zustand. Unsere
Aufgabe lautete: Reise zu Deiner Angst. Zuerst dachte ich:
Was soll denn das? Was für eine Angst? Nun, es sollte da-
bei nicht um normale, alltägliche Ängste gehen, sondern um
solche, die versteckt sind. Eine Angst, die uns nicht unbe-
dingt immer Schwierigkeiten und Probleme bereitet, aber
bisweilen dann doch – besonders, wenn wir uns in einem er-
schöpften Zustand befinden und auch noch eine Menge Sor-
gen oder Ähnliches haben. Es wurde getrommelt, getrom-
melt, getrommelt. Zunächst passierte nichts – doch dann auf
einmal sah ich Wolken, lauter Wolken und dann verwandel-
ten sich diese Wolken in Nonnen. Nonnen, überall waren
Nonnen. Italienische Nonnen mit diesen ganz speziellen
Kopfbedeckungen, die wie Zuckerhüte aussehen und an de-
ren beiden Seiten noch Flügel schwingen. Diese dunkelge-
wandeten Frauen kamen in Scharen auf mich zu, dann
spaltete sich die ganze Truppe in der Mitte und formierte
sich zu einer langen Reihe, die direkt auf mich zu mar-
schierte mit jedem Trommelschlag. Auf ihren Schultern tru-
gen sie eine einzige riesengroße Spritze, die sie mir schließ-
lich in meine Hinterbacke jagten. Es war ein höllischer
Schmerz, den ich ganz deutlich verspürte. Komisch war für
mich, dass das alles schon so lange, so viele Jahre her war. Ich
selbst hatte auch nicht die geringste Ahnung von dieser ver-
steckten Angst gehabt. Später befragte ich meine Mutter und
sie erzählte mir alles aus der damaligen Zeit ausführlich.

So wurde ich allmählich größer. Kindergarten gab es
für mich keinen, dafür aber jede Menge Arbeit, die man

auch als Kind schon ausführen konnte. Das war nicht gerade lustig, dafür aber auch nicht langweilig.

Es waren viele Kinder in unserem Dorf. Am Wochenende trafen wir uns in Scharen. Da ging es immer munter zu. Später kamen meine Geschwister und somit auch wieder neue Aufgaben für mich: helfen, versorgen, hüten und so weiter. Immer wieder sagten die Leute etwas verwundert über mich: „Was ist das nur für ein Kind, das kann ja lachen und weinen zugleich!"

In dieser Zeit waren die Großeltern sehr wichtig für mich, besonders die Großeltern mütterlicherseits. Die Mutter meines Vaters kannte ich kaum, da sie früh verstorben ist, seinen Vater schon, aber auch er ist sehr früh gestorben.

Nono – Nona und alle meine Lieben

Mein Großvater – Nono auf Italienisch – hieß Anton. Er war groß und schlank und ein ganz besonderer Mensch; immer liebevoll war er. Obwohl Nono viel gearbeitet hat – meistens hatte er im Wald mit Holz zu schaffen –, hat er nie irgendwelche Müdigkeit gezeigt. Wenn er konnte, hat er immer mit uns Kindern gespielt. Sein Markenzeichen war sein Hut. Den hat er meistens gar nicht mal aufgesetzt. Ziemlich rund und hoch aufgewölbt war dieser Hut. Um uns Kindern eine Freude zu bereiten, hat er ihn auf eine ganz spezielle Art geworfen wie ein Zauberer. Wir haben dann sehr viel gelacht. Mit seiner Liebe und mit solchen Kleinigkeiten konnte er uns immer sehr erfreuen. Nono strahlte so viel Ruhe aus. Wenn er von der Arbeit kam, hat er seinen Hut meistens auf einem Stock über der Schultern getragen. Fand er unterwegs was Essbares, brachte er es uns Kindern mit. Oft war es vielleicht nur eine Walnuss. Dann rief er uns Kinder alle zusammen. Wie in einem richtigen Ritual hat er diese Nuss dann geknackt und an uns verteilt. Es war völlig egal, ob wir zwei, drei oder vier Kinder waren, die da um ihn herum standen. Mein Nono ist mir immer noch heute sehr präsent, obwohl auch er schon ziemlich früh gestorben ist. Er starb in einem Krankenhaus. Es hat uns allen besonders wehgetan, dass wir uns von ihm nicht mehr richtig verabschieden konnten. In meinem Herzen ist er immer noch wie damals ganz lebendig – und ich weiß, er ist im Licht.

Meine Großmutter Theresa – Nona auf Italienisch – war eine außergewöhnliche, eine starke Frau und sie hat mich sehr geprägt. Weit und breit war Nona bekannt. Man wusste sofort, von wem die Rede war, wenn ihr Name nur ausgesprochen wurde. Sie hatte ein großes Herz, das weit über ihre Brust hinausstrahlte. Ich habe sie überhaupt nie mit Schuhen gesehen. Ob sie überhaupt welche besaß, weiß ich gar nicht einmal. Aber sicher doch wird sie irgendeinmal im Winter welche getragen haben müssen. Ich kenne sie allerdings nur ohne Schuhe. Sie hatte große Füße, meine Nona.

Nach dem Krieg, als die Elternhäuser von Vater und Mutter niedergebrannt waren, mussten wir bei fremden Leuten wohnen. Das waren zwar meistens irgendwelche Verwandten, aber es war alles sehr, sehr beengt. Die Zeiten waren sehr hart, aber auch sie gingen vorbei.

Eines Tages hat es geheißen, dass alle Familien, die im Krieg alles verloren hatten – natürlich auch ihr Dach über dem Kopf – vom Staat ein Haus als Rohbau erstellt bekämen. Damals war Tito, der Präsident, das Staatsoberhaupt von ganz Jugoslawien. Es gab nur eine Bedingung: Alle Häuser sollten im Tal errichtet werden – egal, ob vor dem Krieg das Haus vielleicht auf dem Hügel oder woanders gestanden hatte. Meine Großmutter konnte und wollte sich damit nicht abfinden. Sie ging von Behörde zu Behörde und sagte, dass sie ihr Haus genau an der Stelle oben auf ihrem Grundstück errichtet haben wolle, wo ihr altes Haus vor dem Krieg gestanden hat. Die Beamten waren streng und wollten nur der Order von oben folgen und so hat es geheißen: „Gute Frau, Sie bekommen Ihr Haus unten ins Tal hin wie alle anderen auch oder Sie bekommen gar nichts!!!" Zur Begründung hieß es weiter: die Straßen seien zu schlecht und es wäre auch zu mühsam das gesamte Baumaterial den Berg hoch zu transportieren. Wer geglaubt hatte, damit sei die Sache nun erledigt, der kannte meine Nona schlecht! Sie wollte sich keineswegs mit einem Haus im Tal, und das unter keinen Umständen, abfinden! Meine Großmutter ging nach Hause, nahm Bleistift und Papier – wahrscheinlich eben das Stück Papier, das Sie gerade mal vorgefunden hat – es gab ja nicht viel bei uns damals – und schrieb an unser Staatsoberhaupt Tito, nach Belgrad, um ihm ihr Leid vorzutragen. Etwa acht Wochen später kamen plötzlich wie aus heiterem Himmel reihenweise Laster angefahren. Kein Mensch verstand, was vor sich ging. Voll beladen mit Baumaterialien schleppten sich die Fuhrwerke den Berg hinauf zu Nonas Grundstück. Alle Leute kamen, schauten und staunten: Was ist denn da los? Wie stark die Herzensenergie meiner Großmutter doch strahlen konnte – sie hatte gesiegt! Dann wurde ihr Haus auf ihrem alten Grundstück wiedererrichtet, obwohl sie später dann niemals das Geld aufbringen konnte, es wirklich ganz zu Ende auszubauen. Das Haus bestand aus zwei kleinen Räumen unten und einem Schlafzimmer im oberen Stockwerk. Das übrige Haus blieb für den Rest ihrer Lebzeit und sogar bis heute ein Rohbau. Man konnte auf der einen Seite in das Haus hereinschauen und auf der anderen wieder heraus. Es gab keine Fenster. Wie eine Ruine sah es aus, aber für mich war es ein richtiges Denkmal. Egal, von welcher Richtung ausgehend man nach Neblo kommt, Großmutters Haus sieht man als Erstes oben auf dem Berg thronen. Unlängst habe ich gehört, dass das Haus von Großenkeln der Nona ausgebaut und bewohnt werden soll. Meine Nona, die auch schon vor langer Zeit gestorben ist, ist in meinem Herzen noch sehr stark präsent. Schon ein kleiner Gedanke an sie entflammt ein richtiges Feuer in meinem Herzen. – Nona ich liebe Dich! – Meine Großmutter war eine besondere Frau. Sie war voller Liebe, ihre Liebe zog die Menschen in den Bann und bereicherte sie. Sie fühlten sich durch sie erleichtert, bestärkt und fröhlicher. Großmutter Theresa war wirklich eine Mutter Theresa.

Ja, sie hat den richtigen Namen gehabt. Sie hat alle Menschen getröstet: Egal ob Erwachsene oder Kinder, Frauen oder Männer, das spielte keine Rolle für sie. Nona konnte alle erheitern, trösten, nähren. Wenn jemand kam, dann fragte sie gleich: „Hast du was gegessen?" Auch wenn nichts Essbares im Haus war. Da konnte man nur warten und hoffen, dass der Gefragte nein sagte, weil, falls ja, dann wäre es schon etwas schwierig geworden. Aber vielleicht hätte sie doch noch etwas Essbares gefunden.

Oft saß Nona auf der Holzbank vor ihrem Häuschen umgeben von großen Blumen und ihrem Kräutergarten. Eine Wasserstelle gab es dort auch neben allerlei Obstbäumen, Feigen und Trauben. Viele Menschen, die an ihrem Haus vorbeigingen, hielten Ausschau nach ihr, ob sie nicht auf die Schnelle ein Schwätzchen mit ihr halten könnten. Sie waren geradezu magnetisch von ihrem Haus angezogen. Da gab es einen Weg, der entlang der Straße zu ihrem Haus verlief. Dieser Weg war aber vielen Menschen zu lang und zu mühsam, deshalb nahmen sie eine Abkürzung über die Wiese. Im Laufe der Zeit bildete sich dann ein richtiger Trampelpfad direkt zu Großmutters Bank, quer über die Wiese. Wenn sie anzutreffen war, kamen geschwind irgendwelche Leute, ließen sich neben sie nieder und plauderten ein bisschen mit ihr bei einem Gläschen Wasser oder Wein. Wenn die Menschen wieder gegangen sind, waren sie stets froh und munter. Besonders wir Kinder liebten es in Nonas Nähe zu sein. Sie hatte selbst nicht viel, aber wir hatten das Gefühl, dass sie immer etwas für uns übrig hatte. Als Kind hatten wir oft Hunger, denn damals gab es nur wenig zu essen. Wenn die Großmutter nur eine Kartoffel hatte, die groß war, gab es wie bei Großvaters Walnuss ein Ritual. Manchmal waren wir vier Kinder. Großmutter schnitt und briet diese Kartoffel. Wenn noch zwei weitere Kinder dazukamen, wurde noch weiter geteilt. Die Kartoffel wurde extra lange gebraten, denn so machte bereits der Duft ein wenig satt. Auch wenn es nur eine Kartoffel aufgeteilt auf sechs Kinder war, ich hatte das Gefühl, meine Nona habe mich satt gemacht. Sie konnte aber noch viele andere Dinge. Sie sammelte Pilze, kannte sich damit perfekt aus, ebenso mit Kräutern. Die suchte sie, um daraus Salben anzurühren oder Elixiere anzusetzen. Bei Festen oder bei der Kirmes hat sie Bonbons verkauft. Da war sie die Einzige weit und breit, die Bonbons verkauft hat. Diese Bonbons hatte sie vorher bereits eingekauft und natürlich versteckt, wegen uns Kindern. Wie das nun so ist, wenn sie dann doch mal das Zimmer nicht abgeschlossen hatte, dann haben sich die Kinder hingeschlichen, Wache gehalten, dass die Luft auch wirklich rein war, und dann sind wir an diese Bonbons gegangen. Sie wusste es ganz genau – und trotzdem hat sie nichts gesagt, obwohl man deutlich gesehen hatte, dass viele Bonbons fehlten. Manchmal spielte sie auch Lotto und einmal hat sie die Lottozahlen vorher geträumt – nur ausgerechnet an dem Tag hatte sie gerade nicht gespielt. Sie hätte tatsächlich sechs Richtige gehabt. Nona ist fast ausgeflippt, weil sie das Geld so gut hätte gebrauchen können! Es herrschte eine totale Aufregung, aber sie hat am Ende doch noch alles gut überstanden.

Ich weiß und bin mir ganz sicher, dass die Nona starke Heilkräfte hatte.

Meine Mutter, Lidja, hat bereits mit 17 Jahren geheiratet. Ja, so war das früher, weil die Männer in den Krieg ziehen mussten, wurde noch schnell vorher geheiratet. Als sie mich, ihr erstes Kind, bekam, war sie dann zwanzig. Davon hat sie später sehr oft erzählt. Ich fand es immer etwas komisch, denn ich durfte mit 17 nicht einmal ins Kino gehen, wann ich wollte. Als ich an einem Sonntag wieder einmal nicht ins Kino durfte, obwohl ganze Gruppen junger Leute aus unserem Dorf hingingen, habe ich ihr ziemliche Vorwürfe gemacht und gesagt: „Du hast mit 17 geheiratet und ich darf mit 17 nicht mal ins Kino gehen!" Da hat sie mir kurzerhand geantwortet: „Heiraten darfst Du auch, ins Kino gehen nicht!" – Ja, was sollte man darauf bloß antworten – am Besten gar nichts! Meine Mutter konnte auch ganz lustig sein und sie hat sehr viel und sehr schön gesungen. Eigentlich habe ich sie immer nur arbeiten gesehen.

An einem Tag, es herrschte wieder einmal eine entsetzliche Sommerhitze, haben wir Heu gemacht. Ich konnte mich nur darüber wundern, wie viel und wie schwer sie tragen konnte. Ich erinnere mich heute noch, dass ich damals sagte: „Ich heirate niemals einen Bauern, lieber werde ich Nonne!" Meine Mutter hat daraufhin nur geschmunzelt und weitergearbeitet. Schon als Kind hat mich immer wieder erstaunt, wie viel sie schon im Voraus wusste, was geschehen würde. Sie hatte wie man so sagt: ein echtes Gespür. Selbst wenn es darum ging, mal etwas zu erraten, haben wir immer zuerst gesagt: „Frag die Mutter!" Es ist schon seltsam. Heute, jetzt ist sie 82 Jahre alt, erzählt sie vieles von früher, was ich bis heute nicht wusste. Aber auch ich kann ihr erst heute so manches erzählen, was ich ihr damals nicht erzählt habe. Hier ein Beispiel: Nach dem Krieg, wir waren sehr arm, lagen die Lebensmittel nicht einfach griffbereit zum Gebrauch im Schrank, nein, meine Mutter hat alles regelrecht versteckt. Wir wären sonst nicht über die Runden gekommen, wenn sich einfach jeder bedient hätte. Wir Kinder haben aber dennoch immer nur darauf gewartet, dass die Mutter einmal aus dem Haus musste und haben dann sämtliche Schubladen nach Essbarem durchwühlt. Wir hatten damals auch kaum Geschirr, da durch den Krieg alles vernichtet worden war. Einmal, als die Mutter wieder aus war, dachte ich: Jetzt ist die Luft rein und ich backe einen Kuchen. Ich mischte einfach Mehl, etwas Salz und Wasser zusammen und fertig war der Teig. Dieses Gemisch füllte ich schnell in ein Töpfchen. Doch, siehe da, der Topf hatte nur einen Griff, der andere fehlte. Mir ist schließlich das ganze Gebäck derart angebrannt, dass ich das Töpfchen überhaupt nicht mehr richtig sauber bekam. Mich ergriff eine regelrechte Panik und ich dachte nur eins: Das Töpfchen muss schnell verschwinden! Doch wohin damit?! Mein erster Gedanke war: „Die Mutter darf es nicht finden und sie darf schon gar nicht erfahren, dass ich das angerichtet habe!" Schließlich fand ich auch eine Lösung. Wir wohnten damals noch bei Nachbarn und neben diesem Haus lag eine tiefe Wassertränke. Dorthinein habe ich das Töpfchen heimlich versenkt und es verschwand auf immer und ewig tief im Schlamm. Diese Geschichte habe ich meiner Mutter erst vor zwei Jahren bei ihrem 80. Geburtstag erzählt. Auch sie konnte sich noch lebhaft daran erinnern, wie sie damals verzweifelt alles nach diesem kleinen Töpfchen abgesucht hatte. Ja, auch heute haben wir uns noch viele Geschichten zu erzählen und es ist immer wieder spannend und schön zu Hause.

Mein Vater, Josef, war neben seiner Arbeit als Bauer meistens am Wochenende so eine Art Dorffrisör. Seine Kunden kamen nicht nur aus unserem Dorf, sondern manche sogar von ganz weither, einige aus Italien. Sie sind schon nachts manchmal mit dem Fahrrad aufgebrochen oder zu Fuß gekommen. So waren sie samstags morgens, schon in aller Frühe gegen fünf Uhr in Scharen vor unserer Haustür.

Mein Vater war ein sehr humorvoller Mann. An solchen Frisör-Tagen wurde dann von morgens bis abends gelacht, bis Vater fertig war und am Sonntag lief das gleiche Spiel noch einmal ab. Die Frisierstube war voller Menschen, überfüllt geradezu und wenn es im Sommer so richtig warm wurde, dann gingen die Leute raus auf den Hof und die Haare wurden draußen geschnitten. Es war eine Stimmung wie auf einer richtigen Kirmes, so ein Rummel war da los. Das werde ich nie vergessen. Beim Haare schneiden erzeugte Vater mit seiner Schere einen ganz speziellen Rhythmus. Es entstand ein ganz bestimmter Klang durch die Schere, wie sie da geklappert hat. Der wirkte wie eine Meditation.

Die Leute schliefen unter seinen Händen fast ein. Von Zeit zu Zeit musste er sie dann wieder in die Höhe ziehen, damit er weiterschneiden konnte. Immer rund um den Kopf wirbelte er mit der Schere. Mein Vater hat ein paar Mal geschnitten, dann mit einer Hand die Haare gehalten und mit der anderen Hand erzählt. Dann wurden die Haare mit Wasser angefeuchtet und wenn mein Vater so richtig in Fahrt war, dann wurden schon einmal drei, vier weitere Leute mitbespritzt. Er wusste immer viele Geschichten zu erzählen und man hörte ein ständiges Gelächter. Manche Leute sind gar nicht nach Hause gegangen. Die Haare waren fertig geschnitten, aber sie blieben einfach auf den Holzbänken sitzen und haben ihm weiter zugehört und sich amüsiert. Mittags holten sie sich dann kurz in der Dorfwirtschaft etwas zu essen und zu trinken. Erst spät am Nachmittag machten sie sich schließlich wieder auf den Heimweg. Meinen Humor hat mir wohl mein Vater vererbt, denke ich.

Mein Vater war auch ein ziemlich guter Koch. Während des Krieges hat er bei den Soldaten als Koch gearbeitet, später war er dann ein richtiger Hobbykoch. Doch, weil schlechte Zeiten herrschten, konnte man nicht gerade das Gericht kochen, auf das man eventuell Appetit und Lust gehabt hätte. Wir waren froh, wenn überhaupt etwas zu essen da war und es dann für alle ausreichte. An den Tagen aber, wenn mein Vater der Küchenchef war, gab es genug zu essen und es schmeckte immer wunderbar. Wir Kinder haben richtig darauf gewartet, dass die Mutter mal endlich wieder für einen Tag wegging. Etwa, wenn sie zum Arzt ging oder in die Stadt. Das war dann ein Weg von etwa 25 km mit Kurven und für eine solche Strecke brauchte man mit dem Bus schon gut und gerne einen ganzen Tag. Wir haben dann schon vorher vorausgeplant: Aha, wann wolltest du noch einmal in die Stadt, Mutter? Und dann hat es natürlich geregnet und sie ist doch nicht gegangen. Dann hieß es: Auf das nächste Mal warten. Wir wussten alle genau, wenn die Mutter weg war, dann gab es wirklich etwas Besonderes zu essen und mein Vater hat nicht danach gefragt: ob es noch für die nächste Woche reichen würde. Er hat gekocht und wir haben gegessen. Das war ein richtiger Feiertag! Meine arme Mutter musste dann später mit dem Proviant irgendwie klarkommen.

Mein Bruder Milan wäre fast an einer Lungenentzündung gestorben. Es war damals bereits so weit, dass man glaubte, er sei kurz vor dem Sterben. Genau zu dieser Zeit kam Penicillin bei uns in Slowenien auf den Markt.

Es ist doch wunderbar, dass alles so passte. Aber wenn ich daran denke, wie wir gelitten haben! Alle, die Eltern, die Geschwister und ich. Wir haben jedoch überlebt und das gewiss mit Unterstützung durch die Geistige Welt, denn wir haben das alles ausgehalten.

An meiner kleinen Schwester habe ich mich immer besonders erfreut. Sie hatte wunderbare Bäckchen. So ein bisschen rund, einfach herrlich. Wenn mir bei ihrem Anblick so richtig das Herz überging, habe ich sie immer ein wenig in die Bäckchen gekruffen. Ei, ei, ei!

Heute muss ich mir von meiner Schwester immer wieder anhören: „Ich habe gehört, du hast so viel in meine Wangen gekniffen, deswegen habe ich jetzt so Hängebacken."

Meine Schwester bekam Kinderlähmung, als sie ungefähr sechs Jahre alt war. Der Impfstoff war damals in Slowenien zeitweise ausgegangen und Zaria fehlte ausgerechnet noch die letzte Polioimpfung. Eines Morgens konnte sie nach dem Aufstehen einfach nicht mehr sprechen. Sie musste ins Krankenhaus gebracht und dort sogar zeitweise isoliert werden. Wie es denn so sein muss, war das Krankenhaus nicht gerade um die Ecke, sondern man musste mit dem Bus eine kleine Weltreise dorthin unternehmen. Zudem fuhr der Bus nur selten und wenn, nicht immer pünktlich. Ich habe mich also schon früh in den Bus gesetzt und es ging dann die Berge hoch und wieder runter. Am Krankenhaus angekommen, hieß es erst mal zwei Stunden warten, das bedeutete schon ein paar Mal um das Gebäude herumzulaufen. So stand ich mit der Vorstellung und den Gedanken an meine Schwester da draußen alleine. Ich glaube, ich habe ein Meer von Tränen geweint. Allein der Gedanke, meine Schwester dort oben in diesem Krankenhaus kann weder essen, noch sprechen, noch laufen, war eine Tragödie. Zaria war lange, sehr lange im Krankenhaus und als sie dann zurückkam, hatte sie danach noch gelitten.

Sicher gab es bei uns zu Hause auch Zoff. Wenn man versuchte den Eltern zu widersprechen, dann hat man sich besser schon vorher reichlich Abstand gesichert! Ja, und wenn Streit unter uns Kindern herrschte und einer heulte, dann wurde nicht lange gefragt, was ihm fehlte, sondern er bekam noch dazu eins drauf. Denn so kam alles schnell wieder zur Ruhe, dachte man.

Weihnachten war in meinem Elternhaus damals ein etwas anderes Fest, als man es heutzutage so kennt. Niemand hat überhaupt an Geschenke gedacht und es war auch für mich keineswegs so, dass ich, weil ich gerade mal am 25. Dezember Geburtstag habe, etwa doppelt Geschenke bekommen hätte. Weihnachtsgeschenke waren nicht üblich und auch nicht möglich.

In der Vorweihnachtszeit haben wir zusammen Plätzchen gebacken oder aus Zucker Bonbons gebrannt. Dann wurde alles in buntes Papier eingewickelt, mit Schleifchen versehen und einige dieser kleinen Päckchen wurden an den Enden mit der Schere wie Sylvester-Knallbonbons eingefranst. Mit dem bunten Allerlei wurde der Baum geschmückt. Der Weihnachtsbaum musste nicht zwangsläufig eine Tanne sein. Nein, es konnte durchaus auch ein Wacholderbaum oder eine andere Nadelbaumart dienen, eben die, die man gerade gefunden hat. Natürlich kam dieser Baum immer in eine Ecke und jeder durfte beim Schmücken mithelfen. Glaskugeln und natürlich viel Lametta durften auf keinen Fall fehlen. Gab es zufällig gerade Orangen im Haus, dann hat man sie auch aufgehängt. Um Mitternacht gingen alle miteinander zur Messe und anschließend wurde ein wenig gefeiert.

Wir haben uns selbst über den Kirchgang gefreut. Die Stimmung war so feierlich und erhebend, wenn sich das gesamte Dorf um Mitternacht versammelte und sich gemeinsam auf den Weg in die Hauptkirche, wo auch das Pfarramt war, machte. Weder Auto noch Bus noch Fahrrad, sondern zu Fuß gingen wir dann in einer kleinen Prozession durch die dunkle Nacht.

Später, im Kommunismus war Weihnachten ja sogar ein Arbeitstag und kein Feiertag mehr. Trotzdem stand der Weihnachtsbaum in seiner gewohnten Ecke und wir Kinder konnten es kaum erwarten, dass er endlich abgeräumt wurde. Wenn es dann soweit war, wurden alle abgenommenen Dinge miteinander geteilt. Eine Orange wurde auf sechs Personen aufgeteilt, denn auch die Eltern mussten schließlich probieren, wie sie schmeckte. Spezielle Geschenke gab es keine und so kam ich weder zu kurz noch zu lang, weil die Freude so groß war.

Schulzeit

Ja, ich wurde allmählich größer und die Schulzeit begann. Das war eine gewaltige Umstellung. Unser Schulgebäude befand sich im Nachbardorf und so hatten wir Schüler schon ein paar Hügel hoch und runter zu laufen. Im Sommer gingen wir meistens barfuss los. Der Lehrer an dieser Schule war ein sehr eigenwilliger Mann. Er stammte aus einer ganz anderen Region in Slowenien und sprach, im Gegensatz zu uns, keinen Dialekt, sondern nur hochslowenisch, genauso seine Frau, die auch Lehrerin war.

Viele neue Eindrücke und Erwartungen drangen auf uns ein. Zum Beispiel verlangte unser Lehrer plötzlich, dass wir uns nicht mehr italienisch untereinander unterhalten sollten. Falls irgendetwas nach Meinung unseres Lehrers schief lief, mussten wir umgehend nachsitzen. Das fanden unsere Eltern gar nicht lustig, denn zu Hause wartete stets Arbeit auf uns Kinder. Unser Schulsport damals lief auch völlig anders ab, als man es heutzutage so kennt. Man hatte den Lehrern etwas Land zur Verfügung gestellt, und unsere Leibesübung bestand darin, dieses Land zu bearbeiten. Diese Arbeit war sehr schwer und so wünschte ich ein manches Mal, wir hätten gar kein Land. Da die Lehrer aber auch sehr viele gute Seiten hatten, hielten sich die unangenehmen Dinge in Grenzen. Wir haben immer sehr viel gesungen und auch Theater gespielt. Richtiges Volkstheater. Wunderbar. Als Jugendliche habe ich auch später noch unglaublich gerne Theater gespielt und das in den verschiedensten Rollen. Mal war ich eine alte Frau oder auch, wenn Not am Mann war, ein Bursche. Das hat mir sehr viel Spaß gemacht. Manchmal traten wir sogar in Nachbarorten auf. Selbst später, als wir schon eine andere Schule besuchten, haben wir mit diesem ehemaligen Lehrer noch Theaterstücke eingeübt und aufgeführt. Seine Frau, die Lehrerin, spielte dann immer unsere Souffleuse.

Meine nächste Schulstation – das so genannte Kleine Gymnasium – war in Dobrovo. Hier gab es auch die Post, die Apotheke, den Arzt und die Behörden. Nun war der Schulweg noch ein Stück weiter. Eine reine Schotterstraße war das, kein ebener Fahrradweg. An einen Schulbus war auch nicht zu denken. Wenn ich mich verspätet hatte, war der ganze Weg Jogging pur. Im Winter war es besonders hart, wenn es kalt war, du Heilige Maria! Oft ging ich hungrig ohne Winter-mantel los. Ich, mit meinen großen Füßen. Ja, heute bin ich froh, dass sie so groß sind, aber damals konnte ich das nicht verstehen, weil mir ja niemals Schuhe gepasst haben. Die anderen konnten noch Schuhe erben, aber meine Schuhe wurden vorne und hinten aufgeschnit-ten, damit ich gerade mal reinpasste. Der Regen drang dann vorne in den Schuh hinein und kam, wenn ich den Schuh wieder auszog, als Eiswürfel heraus. Ich sehe mich heute noch, wie ich in die Schule lief, in einem schwarzen Umhang, gestrickt oder gehäkelt war er, und ich musste das Tuch ganz mühsam umklammern wegen der Kälte und Nässe. Dieser Regen wurde in Windeseile zu Eis. Ich wusste nicht: Soll ich umkehren oder versuchen weiterzukommen. Ich habe gleichzei-tig gefroren und geheult. Heute ist mir dieser Moment noch absolut in der Erinnerung. Ich sehe mich genau, wie ich da alleine den Schulweg hinter mich bringen musste. Die anderen Kinder hatten vielleicht früher oder später Unterricht oder blieben an manchen har-ten Wintertagen gleich ganz zu Hause. Auch heute noch kann ich mich in diese Situation genau hinein-versetzen. Ich liebte und liebe meine Eltern, aber da-mals in diesem kalten Moment habe ich nicht nach ih-nen gerufen, sondern nach dem Gott – und ich habe Hilfe bekommen. Ich spürte, wie mich diese große Kraft berührte und meinen Weg weiterführte. Wie eine Hand, die einen wirklich beschützt! Ich höre heute noch, wie ich damals auf Italienisch nach der Mutter-gottes rief: „Madonna Mia, Madonna Mia, Madonna Mia!" und plötzlich spürte ich, dass der Hunger gar nicht mehr so groß war und wie sich die Kälte in Wärme verwandelte. Heute weiß ich, dass dies nur ein Wunder unter vielen anderen war.

Meine Großmutter hat oben auf dem Hügel gewohnt, aber ich musste mit meinen Eltern unten wohnen. Unser Haus wurde ins Tal gebaut. Jede freie Minute war ich auf diesem Hügel, habe mich ins Gras gesetzt und konnte da stundenlang sitzen. Die anderen haben Mittagsschlaf gehalten oder sonst was, weil wir alle ja hart in den Weinbergen arbeiten mussten. Ich habe stundenlang da gesessen, einfach nur geschaut und einfach nur gesessen. Später habe ich dann erfahren, dass gegenüber diesem Hügel ein Heiliger Berg liegt. Dieser Berg heißt auch Heiliger Berg, Sveta Gora. Ich habe mich aber nie darum gekümmert, warum dieser Berg „Heiliger Berg" genannt wurde. Erst später habe ich dann erfahren, warum; nachdem ich eine Vision hatte. *Ich saß wieder da oben im Freien und sah auf einmal wie aus Wolken die Muttergottes erschien, wie in Lourdes.* Und das habe ich meiner Mutter erzählt und sie sagte: „Ja, dieser Heilige Berg! Dort hat sich die Muttergottes gezeigt, deswegen heißt er auch Heiliger Berg!" Heute ist dort ein bekannter Wallfahrtsort.

Ich kann mir jetzt vorstellen, warum ich immer dort oben gesessen habe. Nach Möglichkeiten, alleine, alleine, alleine! Absolute Stille. Die Muttergottes, wie die Mutter Erde, ist die Vermittlerin, zu ihr kann man mit allen Sorgen kommen. Einmal hatte ich eine Vision: *„Unter dem Mantel, unter meinem Mantel, wirst du immer Platz finden."*

Ja, die Schulzeit war recht spannend, obwohl ich nicht immer die passenden Schulhefte hatte, die ich benötigt hätte. Das Geld meiner Eltern hatte für die nötigen Schulsachen nicht ausgereicht. Auf dem Weg zur Schule musste ich immer an der Apotheke vorbei, die unmittelbar an der Straße lag. Die Tür stand meistens offen, der Geruch der Kräuter stieg mir in die Nase und ich konnte beobachten, wie abgewogen, gemischt, gerührt und anschließend die fertigen Salben in Töpfchen abgefüllt wurden. Krankenschwester oder Apothekerin waren meine beiden großen Berufswünsche. Ich habe an dieser Tür gestanden und mich vor lauter Beobachten, was dort in der Apotheke geschah, richtig verguckt und die Zeit ganz vergessen. So habe ich dann manchmal die erste Unterrichtsstunde verpasst. Ich sagte ja schon, meine Schulzeit war spannend.

Schon zu dieser Zeit haben mich andere Kinder und Erwachsene darauf aufmerksam gemacht, dass nach meiner Berührung manchmal ein bestimmter Schmerz verschwunden war. „Was machst Du denn da?" „Ja, was mache ich denn da!?" „Der Schmerz ist weg!" – „Ich sehe Farben!" Hieß es dann. Damals wusste ich es auch nicht!

Noch ungewöhnlicher waren manchmal die Unterrichtspausen. Vor der Pause wurde immer das Geld fürs Pausenbrot eingesammelt. Nur leider hatte ich kein Geld und habe mich deswegen vor meinen Mitschülern geschämt, weil meine Familie so arm war. Wenn die anderen sich dann ihr Brot schmecken ließen, wurde mein Hunger heftiger. Ganz im Stillen sprach ich dann mit diesem Gott und siehe da, auf einmal und wie aus heiterem Himmel verspürte ich wieder diese Kraft, die mir nun den Mut gab, einfach loszureden. „Wer möchte, dass ich ihm aus der Hand lese?" – Übrigens glaube ich heute, dass ich das gar nicht kann. – Sofort meldeten sich andere Schüler und standen sogar Schlange bei mir an. Ich nahm dann eine Hand nach der anderen und erzählte los. Es scheint, dass es sehr gut war, was ich da in den Händen las, denn alle haben sich sehr gefreut und mir ein paar Groschen dafür gegeben. Auf diese Weise konnte ich mir mein Schulbrot verdienen. Beim nächsten Mal gesellte sich auch noch eine andere Klasse dazu und dann reichte das eingenommene Geld sogar noch für einen leckeren Wurst- oder Marmeladenbelag. Was für eine Freude!

Neben Schule und Hausaufgaben machen, gab es immer noch Arbeit auf dem kleinen Bauernhof oder bei den Großbauern. Oft mochte ich diese Arbeit nicht. Sie war hart, besonders wenn große Hitze herrschte. Die Weinberge waren sehr steil und man musste alles von Hand bearbeiten. Ich bat dann oft diesen Gott: „Lass es doch bitte regnen, damit ich nicht in diesen Weinbergen arbeiten muss!" Und, hat es geregnet? – Von wegen: Die Sonne hat sogar noch mehr geschienen! Dann sprach ich zu diesem Gott: „Es gibt Dich nicht, es gibt Dich wirklich nicht, es gibt Dich wirklich nicht! Und doch, glaube ich an Dich!" Eines Tages konnte auch er mein Gerede nicht mehr hören. So kam plötzlich die Antwort: „Diese

Sprüche kenne ich schon! Würde ich es immer regnen lassen, wenn du danach rufst, würdest du heute nicht mehr wissen, wie die Sonne aussieht!" Ja, solche Antworten kamen da!

So ging das immer weiter. Klar, habe ich auch mit diesem Gott gestritten, aber ich habe mich nie von ihm getrennt. In guten Zeiten haben wir eben gut gesprochen und in schlechten Zeiten gestritten. Gut war es, dass wir uns immer schnell wieder versöhnt haben – und das ist noch heute so. Ich glaube auch, dass alle Menschen glauben, nur sie glauben, dass sie nicht glauben, weil im Leben halt nicht immer alles so glatt verläuft. Glauben heißt ja auch, an sich selber zu glauben, sich selber zu vertrauen. Unser Körper ist Gottes Haus, in uns, in unserem Herzen wohnt der Gott. Wir sind alle Gottes Kinder, wir sind Geistige Wesen, in jedem Einzelnen von uns steckt Gottes Funke.

Kirche

Kirche, das war früher bei uns in Slowenien immer ein schönes Beisammensein – kein Muss, kein Zwang. Ich ging sehr gerne in die Kirche. Der Pfarrer war sehr menschlich und auch humorvoll. Ich sage: Humor öffnet das Tor zum Gott und den Menschen, zu ihren Herzen. In der Kirche wurde auch sehr viel und sehr schön gesungen. Manchmal achtstimmig. Alles war feierlich und lustig zugleich. Ich selbst bin katholisch, aber im Prinzip ist es mir nicht wichtig, welche Religion jemand hat – ob katholisch, evangelisch, griechisch-orthodox oder sonst was. Für mich ist Gott eine Kraft, die immer gleiche Kraft für alle Menschen. Es gibt so viele unterschiedliche Menschen auf dieser Welt und dazu noch Tiere, Pflanzen, Steine. Gott ist in allem, wirklich in allem, was da existiert. Die Einen sagen dazu unendliche schnelle Schwingungen, Energie. Es gibt Menschen, die das Wort „Gott" weder aussprechen noch hören wollen. Sie werden schon ihre Gründe dafür haben. Wenn jemand von „seiner Mutter Erde" oder „ihrem Baum" oder „der Sonne" und so weiter spricht, lasst ihn reden, jedem das Seine. Gott sei Dank, dass es so viele unterschiedliche Wesen auf dieser Welt gibt! Manche Menschen erzählen mir so verschiedene Dinge von der katholischen Kirche … Ich kann mich nicht daran erinnern, ständig: du musst oder Drohungen von der Hölle, gehört zu haben. Damals muss ich einen besonderen Schutzengel gehabt haben, der mich solche Dinge nicht hat hören lassen. So kann ich dann bei so manchem nicht mitreden.

Eine Hostie zu empfangen, in der Kirche zur Kommunion zu gehen, das war für mich damals als Kind, und ist es auch bis heute noch, etwas ganz Besonderes. Es hat mich sehr ergriffen und ich spürte eine so große Liebe, dass ich immer weinen musste. Es war für mich ein tiefes Erlebnis im Herzen, das ging ganz tief. Ja, schon die Vorbereitungen, bevor man die Hostie empfangen hat, waren schon ganz groß. Später, als Jugendliche, versuchte ich dann das Weinen zu unterdrücken, weil ich mich vor den Anderen schämte. Ich hatte immer das Gefühl, als würde mir das Herz zerspringen und war immer froh, wenn ich dann wieder in der Kirchenbank auf meinem Platz saß. Heute weiß ich, die Hostie symbolisiert für mich den Jesus, seine ganze Kraft, seine ganze Liebe. Einmal hatte ich, als ich ganz alleine in einer Kirche, war eine Vision: *Die Hostie breitete sich aus und erhellte den ganzen Raum.*

Einmal später träumte ich, als ich bereits schon lange nicht mehr in Slowenien lebte, *dass ich zur Messe in die Kirche meiner Heimatgemeinde ginge, um an der Kommunion teilzunehmen und die Hostie zu empfangen. Die meisten Menschen, die dort waren, hatte ich niemals zuvor gesehen. Die Kirche wurde wohl gerade renoviert. Zu meinem großen Schrecken stellte ich fest, dass ich meine Geldbörse zu Hause vergessen hatte, aber eine Frau half mir mit einer Münze aus und ich konnte diese dann in den Opferstock geben. Dann stieg ich das Treppchen hoch, um mich für den Hostienempfang anzustellen. Ich spürte, wie ich von einem fremden Mann mit einem ziemlich ernsten Gesichtsausdruck nach vorne hin zur Hostie geschoben wurde. Ich empfing die Hostie und in diesem Moment ergriff mich eine Kraft, wirbelte mich um meine eigene Achse, ich geriet in einen regelrechten Sog und meine Hände streckten sich zu den Menschen aus. Ein Gedanke durchfuhr mich: „Was denken die Leute jetzt nur von mir!"* Schweißnass erwachte ich und grübelte, wo mir dieses Gesicht, dieser Mann bereits schon einmal begegnet war, ich meinte ihn zu kennen. Plötzlich im Halbdunkel fiel es mir wieder ein. Es war das Jesus-Gesicht von Rembrandt gemalt, das ich bei einem Aufenthalt über dem Himmel von Kenia in einer Vision gesehen hatte.

Autoput

Dann gab es als Arbeitgeber außer den privaten Bauern noch die Genossenschaft. Slowenien, als Teil des damaligen Jugoslawien, war ja ein kommunistisches Land. Sobald die Kinder in der Grundschule waren, hat man dort geholfen und bekam ein wenig Geld dafür. Wenn man Holz getragen hat oder ein bisschen Rasen zusammengerecht hat oder sonst etwas verrichtete, konnte man etwas verdienen. Das mussten wir Kinder auch tun, sonst wäre es zu Hause nicht gegangen.

Ich musste im Elternhaus immer viel mithelfen und konnte weder machen, noch lernen, was ich wollte. Mein zweiter Berufswunsch neben Apothekerin war Krankenschwester. Dieser Wunsch war wie ein Traumbild. Im Kino habe ich mir oft Filme angeschaut, in denen Krankenschwestern eine wichtige Rolle spielten. Ich habe immer richtig in diesen Bildern mitgelebt, habe manchmal fast geglaubt: Ich bin das. So habe ich mich mit dem Beruf einer Krankenschwester beschäftigt. Meine Schulzeit war zu Ende, aber da war keine Chance, einen meiner Wunschberufe zu erlernen. Es war für meine Familie nicht möglich, mir eine Berufsausbildung zu finanzieren. Dazu war ich noch das erste Kind.

Also, suchte ich mir Arbeit. Am Anfang arbeitete ich bei der Genossenschaft, das Geld wurde zu Hause abgegeben, aber das war für mich nicht etwa schlimm, sondern normal. Es war einfach notwendig. Danach ging ich auf die Behörde und fragte, ob es eine Arbeit für mich gäbe. Die erste Frage war: „Haben Sie schon an der Autobahn mitgebaut?" – Ich antwortete: „Nein!"

Damals wurde in Jugoslawien, quer durch das gesamte Land, eine Autobahn – Autoput auf jugoslawisch – gebaut. Der Staat hat dazu aufgerufen, dabei mitzuhelfen. Dann hieß es: Also, du kommst für zwei Monate zum Autobahnbau.

Ich habe mich dann wirklich mit ein paar anderen Freiwilligen zu dieser Aktion gemeldet und ab ging die Reise. O Gott, o Gott, diese Fahrt war lang und beschwerlich. Unterwegs stiegen an den Stationen viele andere junge Leute zu. Am Ziel angekommen, wurden wir mit Lastwagen abgeholt. Unsere Endstation war eine Siedlung, in der etwa 2000 Menschen (Studenten, Freiwillige aus dem In- und Ausland) in Holzbaracken untergebracht waren. Wir bekamen unsere Arbeitsgeräte und Quartiere zugewiesen. Alles war dort sehr streng geregelt, kontrolliert und organisiert bei so vielen Menschen.

Morgens wurde gepfiffen. Dann hat es geheißen: aufstehen und sich in eine Reihe stellen. Anschließend wurde die Fahne hochgezogen und es wurde die Hymne gesungen. Danach alle zum Waschen, dann zum Essen, dann jeder mit seiner Schippe oder mit dem Gerät, das er zur Hand mitnehmen musste, in eine Reihe. Schließlich ging es per Laster oder zu Fuß zur Baustelle. Immer schön in Reih und Glied, alles hatte seine Ordnung. Ich dachte manchmal: Ich halte es nicht mehr aus, weil die Arbeit so hart war. Steine mussten geklopft, Sand geschaufelt und auf Lastwagen geladen werden. Es war heiß, die Sonne schien unerbittlich auf uns. An meinen Händen bildeten sich große Schwielen, die aufplatzten. Alles tat höllisch weh. Ich betete wieder zu Gott um Regen, aber er erhörte mich nicht. Ich habe ihm dann schon manchmal angedroht, dass ich aufhören würde, an ihn zu glauben, aber es blieb nur bei der Androhung. Manchmal wurden wir auch eingeteilt zum Wasser tragen, das heißt die Arbeiter mit Trinkwasser zu versorgen. Nach der Arbeit fuhren wir wieder in die Quartiere zurück und hatten dann allerlei Freizeitangebote wie die Möglichkeit, den Führerschein zu machen, fotografieren zu lernen oder es wurden Filme gezeigt oder Ähnliches. An manchen Tagen hatten wir auch Ausgang in die nächstgelegene Stadt. Natürlich wurden diese Ausflüge auch wieder mit Lastwagen unternommen. Zum Tagesausklang hieß es zum letzten Mal: sich in Reihen aufstellen, die Hymne singen, die Fahne runter und schlafen gehen.

Dann wurde es noch recht spannend. Männer und Frauen lebten ja in getrennten Holzbaracken. Damit auch alles Weitere seine Ordnung hatte, musste immer irgendeiner vorne an der Treppe wie bei den Soldaten Wache halten. Diese Wache wurde dann wiederum alle zwei Stunden abgelöst. So hat man dann geschlafen und bekam plötzlich mitten in der Nacht auf die Schulter geklopft: aufstehen, anziehen, sich vorne an die Treppe setzen und Wache halten. So ging es die ganze Nacht über. Wo die Frauen waren, durften keine Männer sein und umgekehrt. Man musste auch darauf achten, dass keine Sachen wegkamen.

Nach einem Monat habe ich gedacht: ich halte die Hitze nicht länger aus, obwohl sich meine Hände schon an die Schwielen und Schmerzen gewöhnt hatten. Dann habe ich mich ausgerechnet für den zweiten Monat in die Küche gemeldet. Da war es dann noch heißer, aber wenigstens hat die Sonne mir nicht mehr auf meinen Kopf gebrannt! Nach und nach habe ich mich an die extremen Küchentemperaturen sogar gewöhnt. Es war interessant, zu sehen, wie gekocht wurde. Da durfte man nicht zimperlich sein, wenn das Kraut nicht etwa mit dem Messer geschnitten, sondern mit einem Beil gehackt wurde. Die Stücke waren zwar manchmal etwas groß, aber es mussten ja 2000 Leute bekocht und gesättigt werden. Wie das gedampft hat! Alles war sehr gut organisiert.

Während dieser Küchenarbeitzeit freundete ich mich mit zwei jungen Mädchen an. Es waren Schwestern. Sie waren Köchinnen. Wir hatten viel Zeit zum Reden. Sie erzählten mir, dass sie in einem Kindererholungsheim an der Küste zwischen Koper und Triest arbeiten würden und dass sie nachfragen würden, ob ich nicht ebenfalls dort arbeiten könnte. Das sei zwar nur eine Saisonarbeit, aber immerhin eine Arbeit. So tauschten wir unsere Adressen aus, schrieben uns regelmäßig, weil die Zwei ihre Arbeit beim Autobahnbau früher beendeten als ich.

Nach den zwei Monaten Autoput gab es eine große Abschiedsfeier. Wir fühlten uns so richtig als „Helden der Arbeit" und kehrten voller Stolz zu unseren Familien zurück.

Kindererholungsheim

Eines Tages kam eine Nachricht von den beiden Schwestern und ich bekam die Stelle im Kindererholungsheim. Die Freude war groß, zumal ich nicht alleine war und mich auf die Zwei schon sehr gefreut hatte. Es erwartete mich viel Arbeit dort, aber auch viel Freude, denn es war ja direkt am Meer. Viele neue Eindrücke drangen auf mich ein, auch einige, die schwer zu verkraften waren, Madonna Mia. Die Saison dauerte auch nur zwei Monate und die Zeit verging wie im Fluge. Eigentlich sollte ich dann wieder umgehend nach Hause zurück, aber dann kam es doch ganz anders.

Eines Morgens, kurz vor der Abreise so gegen neun, hieß es plötzlich: „Alle Mädchen sollen sich auf dem Hof versammeln". Ich stellte mich immer ganz nach hinten, wenn es um irgendwelche Gruppenaufstellungen ging. Mich hat man nie gesehen. Vielleicht habe ich mich eventuell auch noch etwas geduckt, damit ich nicht auffiel. Nach vorne drängen war noch nie mein Ding und so ist es immer noch. Aber ich wurde in meinem Leben immer zum richtigen Zeitpunkt von irgendjemandem an den richtigen Ort geholt. So auch diesmal. – Eine zierliche Frau mit einer Zigarette in der Hand trat auf den Hof und hat uns Mädchen ganz genau unter die Lupe genommen. Eine starke kleine Person, die genau zu wissen schien, was sie wollte. Ich werde nie vergessen, wie sie dort rauchend energisch hin- und herlief und mit wachen

Augen um sich blickte. An ihrem Arm hing eine große Tasche. Wir erfuhren, dass sie ein Mädchen als Hilfe für ihre kleine, gut gehende Familienwirtschaft suchte, die sie zusammen mit ihrem Bruder in Koper führte. Kost, Logis und Familienanschluss, alles inklusive. Plötzlich fragte sie ganz unvermittelt: „Wie heißen Sie? Ja, gibt es hier nicht auch ein Mädchen, das Graziella heißt?" „Ja, ja doch, das Mädchen da hinten ist Graziella!" – Es hat sich dann herausgestellt, dass die Frau aus einem Dorf stammte, das ganz in der Nähe von meinem Zuhause liegt. Ein Rot-Kreuz-Fahrer, den ich selbst nicht einmal kannte, hatte ihr von mir erzählt. „Würden Sie das machen wollen?", fragte sie mich. Natürlich wollte ich das. Ich habe mich sehr gefreut. Doch dann passierte ein ganz krummes Ding. Daran erinnere ich mich noch ganz genau. Ich sollte an einem Dienstag nach Koper kommen, gegen elf Uhr. Auch heute weiß ich das noch, nach so vielen Jahren! Ein anderes Mädchen aus dieser Gruppe fuhr bereits am Montag früh hin und stellte sich dort vor. Zuerst war nur der Bruder der Chefin da; er wusste von gar nichts. Die Sache ist natürlich aufgeflogen und ich kam am nächsten Tag wie verabredet und habe dort angefangen.

Die kleine Wirtschaft

Alles war gut. Mir wurde mein Zimmer gezeigt und dann hieß es: helfen. Denn Familienanschluss bedeutete ebenfalls im Haushalt mithelfen.

Koper ist ein altes Städtchen, ein Ort wie aus einem Bilderbuch: alte Häuser, enge Gassen, das Meer, große blühende Bäume.

1954 wäre fast ein Krieg zwischen Italien und Jugoslawien wegen Triest und Koper ausgebrochen. Ich kann mich noch sehr genau daran erinnern, wie bei uns bereits mobil gemacht wurde. Die Angst vor einem möglichen Krieg breitete sich schnell aus wie der Wind und rief ebenso schnell viele alte Ängste wieder wach. Gott sei Dank, wurden politische Lösungen gefunden, die bis heute nachwirken. Triest wurde Italien zugesprochen und Koper kam zu Jugoslawien. Die Menschen hatten in beiden Städten die Wahl, sich innerhalb einer bestimmten Zeit zu entscheiden, ob sie in Jugoslawien oder in Italien leben wollten. In Triest wurde eine jugoslawische Schule und in Koper eine italienische Schule eingerichtet. Ebenso wurden die Medien, Rundfunk und Fernsehen, für beide Länder und Sprachen mit offenen Kanälen versorgt. Die Bewohner in einem Umkreis von 50 km konnten mit einem Sonderausweis zum Einkaufen und zum Arbeiten frei passieren.

Ja, so war ich plötzlich in dieser Familie mit Familienanschluss und es hieß: arbeiten. Mir wurde alles gezeigt und ich habe auch alles gemacht, so gut ich konnte. Manchmal musste ich auch ein Bierfass anstechen. Ich habe mich zuerst nicht getraut, ich hatte Angst – schon war ich von oben bis unten voll Bier. So lernt man seine Angst zu überwinden! Aber sonst war alles wunderbar, ich hatte kein Heimweh, bis dann eine Sache passierte. Die Köchin in der Wirtschaft war wirklich eine echte Meisterin. Aber wehe, wenn da was schief lief! Sie hatte eine besondere Spezialität, eine Bohnensuppe. Diese Suppe war wirklich sehr gut und die Frau war mächtig stolz auf das gute Stück. Einmal, als die Bohnen gerade fertig gekocht waren – und ich wollte wirklich nur das Beste – nahm ich den Topf vom Herd und schüttete diese Brühe weg. Du liebe Güte, du liebe Güte, ich dachte, ich bekäme Prügel! „Meine Brühe, meine Brühe! Wovon soll ich jetzt Suppe machen? Und die Gäste kommen ja bald!" Ein richtiges Affentheater hat sie veranstaltet! Ich habe so geweint und bin die Treppe hoch in mein Zimmer gerannt. Schon kam diese kleine Chefin und fragte: „Was ist los?" Und ich meinte nur: „Ich will nach Hause! Ich will jetzt nach Hause! Ich gehe jetzt nach Hause!" „Halt, ich habe dich hierher geholt. Ich habe deinen Eltern versprochen, dass ich für dich sorge. Du hörst jetzt auf zu heulen, wäschst dir dein Gesicht, beruhigst dich und gehst wieder an die Arbeit!" Genau das habe ich dann auch gemacht und noch heute danke ich dieser Frau tausend Mal für ihre Konsequenz. Es war schwer, aber ich bin innerlich wieder ein Stück gewachsen und stärker geworden. Mit der Zeit ging es immer besser und besser weiter. Es wurde ein richtiges Zuhause für mich.

Mein Bruder Milan und die Universität

Mein Bruder, Milan, war mittlerweile fertig mit der Schule. Er war immer ein Einserschüler gewesen. Trotzdem war an ein Studium nicht zu denken, weil meine Familie kein Geld dafür hatte. Ich sehe die Szene noch heute vor mir. Meine Eltern haben gesagt: „Du musst genauso in die Weinberge gehen wie die anderen." Er hat geweint: „Bevor ich das mache, laufe ich weg!" Ich werde das nie vergessen. Er war schmächtig, nicht so stark wie ich. Innerlich war ich schon sehr empfindlich, aber das habe ich nie gezeigt, ich habe immer die Starke gespielt. Damals habe ich zu ihm gesagt „Ja, wo willst du hin? Wie willst du das denn machen?" Ich habe gerade angefangen in dieser kleinen Wirtschaft zu arbeiten und da habe ich gesagt, weißt du was: „Du wirst zur Schule gehen. Ich werde für dich das Internat bezahlen!" Meine Arbeit und sein Studienplatz waren am gleichen Ort, in Koper, wenn das kein Zufall war! So habe ich dann von meinem ersten Geld sein Schulgeld, sein Internat bezahlt. Meine Eltern brachten ihn in die Stadt. Milan hat dann sein Maschinenbaustudium begonnen und bis zum Diplomingenieur studiert. – Er ist ein erfinderischer Mann und hat viele Dinge so ganz nebenbei für die Fabrik, in der er arbeitete, erfunden, allerdings ohne je selbst das Patent dafür zu erhalten. – Ich weiß noch ganz genau, mein ganzes Geld ging für die Schule weg, nichts habe ich davon zu Gesicht bekommen, außer ein wenig Trinkgeld. Dennoch war ich voll zufrieden. Das ging ungefähr ein Jahr so weiter.

Eines Tages kam ein mir unbekannter, junger Mann zu uns in die Wirtschaft und beobachtete mich die ganze Zeit. Schließlich hat er mich angesprochen: „Sind Sie die Schwester von Milan S.?" Mein Bruder hatte ihm von mir erzählt. „Aber hören Sie mal, Sie arbeiten ja praktisch nur fürs Internat von Ihrem Bruder!" – Ich habe darauf geantwortet: „Ja, und ich werde es so lange machen, wie es nötig sein wird!" „Ich bin sein Lehrer. Ihr Bruder ist ein sehr guter Schüler! Ich werde mich für ihn bei der nächsten Konferenz einsetzen und Sie werden für Ihren Bruder nicht mehr arbeiten müssen. Der bekommt ein Stipendium!" Sechs Wochen später bekam mein Bruder tatsächlich sein Stipendium und das lief bis zum Schluss seines Studiums. Ich danke der Geistigen Welt, die handelt immer im richtigen Moment, aber zuerst wird man geprüft.

Wenn man glaubte, jetzt wäre Ruhe eingekehrt – Irrtum! Auf die Frage: Was ist der Sinn des Lebens? – Der Sinn des Lebens heißt: leben. Leben ist Bewegung. Bewegung heißt: Hoch und runter, das hält uns munter!

Arbeit im Hotel und die deutschen Touristen

In diesen Zeiten gingen Veränderungen manchmal ganz besonders schnell. Diesmal hat es urplötzlich geheißen, dass diese kleine Wirtschaft aufgelöst werden sollte, dass sie nicht länger selbstständig betrieben werden dürfte. Das verstehe einer, denn alles lief ja bestens! Stattdessen sollte sie an ein staatliches Hotel in der Nähe angeschlossen werden. In den Räumen der Wirtschaft wurde nun ein Delikatessengeschäft eingerichtet. Die Chefin, ihr Bruder und ich konnten weiter im oberen Teil des Hauses wohnen bleiben.

Nach der Auflösung der Gastwirtschaft konnten wir alle drei in diesem Hotel arbeiten. Wenn das nicht Bewegung ist! Wir haben uns ziemlich schnell eingelebt und ich habe mich auch dort wieder wohl gefühlt. Obwohl es eine völlig neue Arbeitssituation war, mit einer ganz neuen Küche, einer anderen Rezeption und vielen unbekannten Menschen.

1962 kamen die ersten Touristen aus Deutschland zu uns ins Hotel. Es war ein Schriftstellerehepaar aus Frankfurt am Main. Am Tag ihrer Ankunft war es bereits recht spät und normalerweise hätte im Hotel niemand mehr irgendetwas zu essen bekommen. Ich hatte ja in der Schule auch deutsch gelernt und habe mich ihrer etwas angenommen. So gab es für sie sogar noch etwas Warmes zu essen. Sie haben sich sehr darüber gefreut und waren von dem Moment an praktisch so etwas wie meine persönlichen Stammgäste. Es hat mir Freude gemacht. Nach einer Weile machten sie mir dann ein Angebot: „Schauen Sie mal, Graziella, sie können schon so gut sprechen, sie könnten es doch noch besser lernen. Ja, möchten sie nicht nach Deutschland kommen?" Sie erzählten mir, dass eine Cousine, eine Krankengymnastin und deren Mann, ein Orthopäde, mit vier Kindern eine Hilfe suchen würden. „Wollen Sie nicht in diese Familie kommen?" Abends könnte ich noch Deutsch lernen. – „Ja, ja ich würde das schon machen, warum denn nicht!" Sie reisten dann wieder nach Frankfurt am Main ab und für mich blieb alles zunächst unverändert. Ich habe mich im Hotel wohl gefühlt und alles lief wie gewohnt weiter. Bei uns in Slowenien konnte man damals noch nicht so ohne weiteres ins Ausland ausreisen. Man benötigte neben einer persönlichen Einladung noch eine Arbeitserlaubnis und allerlei Formalitäten.

Ich habe mich nicht mehr um eine mögliche Deutschlandreise bekümmert und die ganze Sache auch schon fast vergessen, als plötzlich aus heiterem Himmel aus Deutschland die Papiere eintrafen. Gott sei Dank, hatte mein Bruder damals schon sein Stipendium. Die Papiere kamen und ich musste weinen. „Ich gehe nicht!" „Um Gotteswillen", haben da die Kollegen im Hotel gesagt. „Warum denn nicht?" Alle haben mitgeheult, bis schließlich ein Mädchen meinte: „Ach, ihr kennt doch die Graziella, sollte es ihr dort schlecht gehen, wird sie ganz schnell wieder hier sein, sollte es ihr gut gehen, dann verabschiedet euch richtig, weil sie dort bleiben wird!" Als ich mich schließlich dann zur Abfahrt bereit machte, haben mich natürlich alle zum Bahnhof begleitet. Wir tranken noch einen Slibowitz zusammen und ab ging für mich die Reise in die Fremde.

Meine zweite Heimat

Hausmädchen

Ich war damals 21 Jahre alt, als ich nach Deutschland ging. Meine Muttersprache konnte ich jetzt erst mal ad acta legen, denn niemand sprach dort meine Sprache, wo ich hinging. Niemand. Mein Ankunftstag war der 1. Mai 1963. Ausländer, die als Arbeitskräfte damals nach Deutschland kamen, wurden zu dieser Zeit mit großem Pomp, mit Musik, Trommeln und Fahnen empfangen und willkommen geheißen. Das werde ich niemals vergessen. Am Bahnhof haben mich die Kinder der Familie und das Schriftstellerehepaar, das ich bereits in Slowenien kennen gelernt hatte, abgeholt. Dann ging es auf direktem Wege nach Hause in die neue Familie.

Meine Stellung war so eine Mischung aus Au-Pair-Mädchen und Hausangestellter. Außer mir kamen noch eine Näherin und eine Putzfrau in dieses Haus zum Arbeiten. Meine erste Aufgabe am Morgen war es täglich den Hund des Hauses, einen Schäferhund, auszuführen. Früher hatte mich einmal ein Hund gebissen und ich hatte seither ein bisschen Angst vor Hunden. Nun war es, hier in Deutschland meine Aufgabe in der Frühe für die Bewegung dieses Schäferhunds zu sorgen. Eine echte Heiltherapie war das für mich! So habe ich meine Angst vor Hunden einigermaßen überwunden. Das war schon interessant!

Nach drei Tagen, es war alles soweit in bester Ordnung mit der Familie und mir, da sagte die Frau zu mir: „Wir gehen jetzt, und heute Mittag, wenn Sie gekocht haben, stellen Sie bitte alles auf den Tisch und wir essen dann gemeinsam." Und ich habe doch tatsächlich gefragt: „Und wer kocht?" und sie meinte: „Ja, Sie! Können Sie denn etwa nicht kochen?" „Können, das ist zu viel gesagt, aber ich werde es versuchen – ganz einfach!" Ich hatte wohl schon so eine Ahnung gehabt, denn ich hatte das dickste Kochbuch, das es überhaupt damals in Slowenien auf dem Buchmarkt gab, gekauft und in meinem Handgepäck mitgebracht. Ich hatte zwar schon viel zugesehen beim Kochen, doch das Selbermachen ist immer eine ganz andere Sache! Nun stand alles in der Küche bereit und dann fing ich nach dem Kochbuch an zu kochen. Als die Familie schließlich zum Essen kam, schien doch alles ganz gut gegangen zu sein. Später haben sie noch gesagt, ich könnte auch slowenische Gerichte z.B. wie Palatschinken in verschiedenen Varianten mit Spinat, Pilzen oder als Süßspeise zubereiten. Das war dann immer eine riesige Freude. Manchmal, wenn Besuch kam, habe ich Cevapcici oder Raznici zubereitet. Ich bin sicher, ab und zu habe ich dabei mit viel zu viel Pfeffer gewürzt. Alle haben wahrscheinlich gemeint, dass es so sein muss. Es hat sicher nicht geschadet und geschimpft hat keiner. Wenn die Familie kam und wir gemeinsam gegessen haben, dann saßen wir alle an einem riesigen, langen Tisch mit den vier Kindern und wir Erwachsenen. Das war sehr schön. Auch sonst war alles sehr harmonisch, wenn man mit mir geschimpft hätte, dann hätte ich doch sicher Heimweh bekommen und wäre gegangen.

Eines Tages hat es geheißen: „So, Graziella, heute machen wir Reissuppe!" Ich wusste, dass Reis groß wird, dass Reis sehr groß werden kann, aber dass er so groß werden kann, nein, dass wusste ich damals noch nicht. Natürlich habe ich dieses ganze Päckchen Reis in die Suppe gestreut. Nachher füllte ich alles in die Terrine um und setzte den Deckel drauf. Plötzlich, als wir alle am Tisch saßen, sah ich, dass der Deckel sich zu bewegen begann und allmählich kam der Reis herausgequollen. Ich dachte nur: „O je, was wird die Familie nur jetzt sagen!" Aber kein böses oder spöttisches Wort kam. Der Doktor nahm den Deckel ab, schaute in die Terrine, schöpfte ein wenig, probierte und meinte: „Mmh, Graziella, das schmeckt gut! Aber kann ich bitte doch eine Gabel bekommen!" So war es in dieser Familie.

Abends ging ich recht oft in die Sprachschule, um Deutsch zu lernen. Das war immer schön, denn ich habe wieder andere Leute kennen gelernt.

Nach sechs Monaten sollte ich schließlich wieder nach Hause fahren. Aber, die Kinder der Gastfamilie haben geweint und dann habe ich gesagt: „Na gut, dann bleibe ich noch einmal sechs Monate hier!" Meine Dokumente wurden noch einmal verlängert und alles lief ganz schön und gemütlich weiter.

Weihnachten stand vor der Tür. Mit dem Sprachkurs sollte es eine gemeinsame Aktion geben, wir sollten zur Beichte gehen und am folgenden Tag eine gemütliche Weihnachtsfeier zusammen feiern.

Dass in Sachen Kirche in Deutschland so manches anders war als in Slowenien, überraschte mich bei dieser Gelegenheit. Ich kam in diesen Raum, um zu beichten und dachte: „Wo bin ich?" Da saß ein junger Mann – fesch auch noch dazu – in einem offenen Raum. Kein Beichtstuhl oder Ähnliches. Er sah auch sofort, dass da jemand kam, der nicht wusste, wo es lang ging und lächelte. „Guten Abend!" „Ich wollte eigentlich zum Beichten", habe ich dann zaghaft gesagt und er antwortete: „Ja, da sind sie bei mir schon richtig!" „Da kann etwas nicht stimmen!" „Wieso?" Jetzt war ich dann doch etwas irritiert. „Ich kann nicht! Bei uns sieht man den Pfarrer nicht, er ist in seinem Häuschen. Man sieht ihn nicht und man kann so natürlich erzählen. Dann ist es auch leichter zu erzählen! Ja, und außerdem, die Pfarrer fragen und wir antworten." Und er sagte: „Ja, wenn das so ist, dann werde ich auch fragen!" Er fragte und fragte und fragte und ich dachte nur: „Wie lange geht das noch, eigentlich dürfte es jetzt genug sein!" „Wissen Sie was, für heute reicht es. Ich komme im neuen Jahr noch mal wieder!" Und da hat er gelacht und gesagt: „Drei Vater-Unser! In Ordnung!" Und ich habe Drei Vater-Unser gebetet.

Am nächsten Tag war dann diese Weihnachtsfeier vom Kurs. Als ich in den Saal kam, erlebte ich eine weitere Überraschung. Ich dachte, ich sehe nicht richtig: Da war doch dieser gleiche junge Mann, der Pfarrer, mit einer Gitarre und er sang auch noch! Bei uns in Slowenien kamen zu solchen Veranstaltungen gewiss keine Pfarrer, die dann auch noch mit Gitarrenbegleitung für

Unterhaltung sorgen. Das war für mich eine neue Erfahrung. Zu guter Letzt erlebte ich noch eine dritte Überraschung, als mich dieser junge Pfarrer auch noch immer zum Tanzen aufforderte. Dabei hatte ich geglaubt, dass ich ihm erst im neuen Jahr zur Beichte wieder begegnen würde. Später habe ich dann erfahren, dass es sich um einen protestantischen Pfarrer handelte und in der evangelischen Kirche so manches anders läuft, als bei den Katholiken. So war ich denn auch eher zu einem zwanglosen seelsorgerischen Gespräch eingeladen worden als zu einer Beichte im katholischen Sinne, wie ich sie kannte. Dass evangelische Pfarrer nicht nur Gitarre spielen und tanzen, sondern sogar heiraten, war für mich noch eine ganz neue Dimension. Da habe ich wieder etwas Neues gelernt und freute mich, dass wir doch alle nur diesen einen gleichen Gott in unserem Herzen tragen!

Das Nobelrestaurant

Nun, jetzt war ich ja fast schon ein Jahr in Deutschland und der Zeitpunkt wieder nach Hause zu reisen, rückte immer näher. In Frankfurt hatte ich mittlerweile einige Bekannte und Freunde gefunden. Irgendjemand gab mir den guten Rat, jetzt, wo ich doch schon besser Deutsch sprach, mir hier eine Arbeit im Hotelfach zu suchen. Wohin und wie? – den Tipp gab es gleich gratis dazu. Der Börsenkeller, ein recht angesehenes Restaurant, sei genau die richtige Adresse für mich. „Gut, ich gehe mal hin und schaue mir das Restaurant mal an!" Gesagt, getan. Es war gerade Mittagspause, als ich zu meiner Besichtigung hinging. Überall sah ich große Blumen und alles war sehr schön und edel in Szene gesetzt. „Da kann ich bestimmt nicht arbeiten. In so einem großen Restaurant", dachte ich gerade so bei mir. Als ich eine Stimme „Suchen Sie jemanden?" direkt hinter mir fragen hörte. „Nein, nein, es ist schon alles in Ordnung", gab ich schnell zur Antwort. Aber so einfach konnte ich dieser Frau nicht entkommen. „Aber, ich merke doch, dass Sie etwas suchen? Woher kommen Sie denn überhaupt?" Ich erzählte ihr, was sie hören wollte und es stellte sich heraus, dass ein Teil der Familie dieser Frau aus Ungarn stammte. „Ich habe gedacht, ich könnte hier vielleicht arbeiten …", fügte ich etwas vorsichtig an. „Ja, können Sie denn flambieren, könnten Sie tranchieren oder filieren?" Sie reckte sich in ihre ganze Größe und baute sich vor mir auf. „Nein", entgegnete ich „Aber, wenn Sie es mir zeigen würden, dann könnte ich es eventuell lernen. Ich kann es ja probieren!" „Das gefällt mir!" Gleich rief sie ihren Mann. „Also, hier, das Mädchen fängt bei uns an!" „Wo? Was? In der Küche?" „Nein, im Service!" „Aber, das geht doch nicht! Du weißt doch, dass wir da nur männliches Personal haben!" „Ja, hatten wir! Ab Montag aber nicht mehr. Das Mädchen fängt bei uns an!" In Sachsenhausen fand sich dann auch ein passendes Zimmer für mich. Besonders schön und auch ein bisschen beruhigend zu wissen, war, als mir meine Arzt-Gastfamilie für meinen weiteren Weg ihren Beistand anbot. „Graziella, falls du mal krank sein solltest, kein Geld haben solltest oder Heimweh oder auch sonst irgendetwas nicht stimmt, dann sollst du wissen, dass du sofort hierher zu uns kommen kannst!" Vielleicht hätte ich ja auch ohne dieses Hilfsangebot diesen Schritt gar nicht gewagt. Wer weiß!

Dann gab es noch ein sehr nettes Ereignis. Irgendein Verwandter meiner Gastfamilie feierte mit einer großen Gesellschaft seine Hochzeit in dem Restaurant, wo ich gerade erst angefangen hatte. Das war schon eine Ehre für mich!

In der Anfangzeit, als ich noch nicht so gut Bescheid wusste, hatte ich so manche Krise zu überstehen. Manchmal war es mir einfach zu viel. Da gab es in der Küche diese tausend Schüsselchen und Schälchen und ich wusste einfach nicht mehr ein noch aus. Auf jedes musste ein bestimmtes Deckelchen und ich dachte nur: „Du lieber Gott!" Manchmal bin ich einfach nur blind mit den anderen mitgelaufen. Wenn ich gar nicht mehr wusste, was ich anfangen sollte, habe ich mich kurzerhand im Aufenthaltsraum versteckt. Einfach aus dem Staub gemacht habe ich mich. Da saß ich dann eine ganze Weile und die anderen haben mich zuerst gar nicht mal vermisst. Zum Schluss kam dann doch die Chefin: „Graziella, wo steckst du denn?" „Ich wusste nicht mehr, was ich machen sollte und dann bin ich gegangen." Stück für Stück, habe ich dann immer mehr und mehr gelernt. Zuerst hatte ich nur einen Tisch zu bedienen, dann zwei und schließlich drei. Mehr als drei Tische gab es in diesem Restaurant ohnedies für niemanden vom Service zu versorgen. Allmählich konnte ich dann wirklich anfangen, vor den Gästen zu flambieren, zu filieren und tranchieren. Ich wurde immer besser, richtig Spitze!

Bei dieser neuen Arbeit habe ich die verschiedensten Leute kennen gelernt. So viele verschiedene Menschen, so viele verschiedene Möglichkeiten und neue Angebote bekam ich dort. Ich fühlte mich manchmal schon ein bisschen umworben.

Eine Zahnärztin wollte, dass ich in ihrer Praxis mitarbeiten sollte, obwohl ich das ja nicht gelernt hatte, aber die Ärztin traute mir die Arbeit ohne weiteres zu. „Sie können das dort lernen. Kein Problem." Ein praktischer Arzt wollte mich als Arzthelfern für seine Praxis. Jemand vom Flughafen wollte mich als Stewardess anwerben. Auch er meinte: „Das ist nicht viel, das können sie lernen." Zwei Frauen, die Reisen für Studenten organisierten, wollten mich unbedingt als Reisebegleitung für ihre Russlandreisen gewinnen. Ich konnte damals aber nichts Neues mehr beginnen, ich hatte bereits meinen Mann kennen gelernt. Das waren noch Zeiten!

Das Mansardenzimmer

Ich habe den Ort, wo ich meinen zukünftigen Mann treffen würde und wie es dort aussah bereits vorausgeträumt. Das war schon interessant und gleichzeitig seltsam. Wir wohnten beide, mein späterer Mann und ich, zur Untermiete in der gleichen Wohnung, im fünften Stock. Dort direkt unter dem Dach gab es nur Mansardenzimmer. Außer uns wohnte da auch noch ein älteres Fräulein. Sie war circa siebzig Jahre alt, was in der damaligen Zeit schon als Alter galt. Heutzutage ist siebzig Jahre eigentlich kein wirkliches Alter mehr. Die Küche von Fräulein Bähr, wo sie sich die meiste Zeit des Tages aufhielt, war genau zwischen unseren beiden Zimmern. Gleich beim ersten Treffen zog sie mich ins Vertrauen und hat mich über unseren gemeinsamen Mitbewohner aufgeklärt und meinte: „Also, ich will Ihnen gleich mal was sagen, hier wohnt ein junger Mann, und stellen Sie sich einmal vor: er will Arzt werden und trägt immer karierte Hemden! Das wird doch nie was werden!" Wie hätte ich da widersprechen können! „Recht haben Sie!" Mehr gab es doch dazu nicht zu sagen! Im Laufe der Zeit wurde unser Verhältnis immer schöner! Diese Frau liebte es zu putzen, besonders die Treppe hatte es ihr angetan. Wir haben dann ein wunderbares Tauschgeschäft ausgehandelt: Sie wischte die Treppe und ich trug ihr stattdessen dafür ihre Einkaufstaschen hoch in den fünften Stock. Fräulein Bähr ließ sie immer gleich unten im Parterre stehen. Wenn ich dann später von der Arbeit kam, packte ich ihre Taschen zusammen mit meinen eigenen Sachen und eilte hoch in die Wohnung. Manchmal fand ich vor lauter Hektik und Stress keine Gelegenheit im Restaurant zu Abend zu essen. Müde und hungrig fuhr ich dann mit dem Taxi nach Hause in mein Mansardenzimmerchen. Diese Frau hat meinen Hunger immer gespürt, das werde ich nie vergessen. Sie hat mir dann gleich ein Butterbrot geschmiert. Ihre Küchentür war während des Krieges beschädigt worden und sie ließ sich nicht mehr richtig zuschließen. Immer stand diese Tür einen spaltbreit offen. Man kann sich vorstellen, dass da nicht mehr viel privat blieb.

Die Nachbarin und ich hatten ein kleines Ritual. Jeden Morgen weckte sie mich, indem sie an meine Zimmertüre klopfte. Für Fräulein Bär war es zu einer richtigen Aufgabe geworden, die sie liebte und die ich ihr gerne überließ. Auch wenn ich ein manches Mal bereits vor ihrem Pochen schon wach in meinem Bett liegend auf ihr Signal gewartet habe.

Verliebt – Verlobt – Verheiratet

Langsam bahnte sich zwischen meinem Mann und mir etwas an, doch zunächst gab es noch Liebeskummer auf allen Seiten. Als es dann wirklich gefunkt hat, begann eine Zeit des Versteckspiels vor Nachbarin und Schwiegermutter.

Einmal habe ich mein Zimmer neu gestrichen und der Farbgeruch war wirklich unerträglich, nicht zum Aushalten. Mein späterer Mann bot mir dann an, in seinem Zimmer zu übernachten. Die ganze Nacht habe ich dann nur auf der Bettkante geschlafen, wollte das Klopfen von Fräulein Bähr nicht verpassen und zuvor schnell in meinem Zimmer sein. So schlief ich selig bis zum Morgen und zum Klopfen und dem bekannten „Hallo Fräulein, Sie müssen aufstehen!". Laut und klar war es zu vernehmen, aber Fräulein Bähr pochte nicht an meiner Tür, sondern an der Zimmertür meines späteren Mannes.

Später hat diese Frau, als wir dann ganz offiziell ein Paar waren und dort noch zusammen unter einem Dach wohnten, immer zu meinem Geburtstag einen Streuselkuchen und einen Apfelkuchen gebacken. Zum Geburtstag meines späteren Mannes gab es ebenfalls einen Streuselkuchen und einen Apfelkuchen. Und als wir bereits ausgezogen waren, kam Fräulein, die normalerweise niemals ausging, uns besuchen, und was brachte sie mit: einen Streuselkuchen und einen Apfelkuchen – und dazu noch drei Geschirrtücher.

Jeder weiß ja wie anstrengend die Arbeit im Service ist, wie schlecht die Arbeitszeiten liegen. Wer in einem solchen Beruf beschäftigt ist, hat wenig Zeit für seine Familie und Freunde. Ich wollte daher in ein sehr schönes kleines Cafe wechseln. Die Chefin des Cafehauses wollte mich gerne in ihrem Team sehen, aber zunächst wollte sie sich gar nicht auf meine Bedingungen für die Arbeitszeiten – halbtags vom Frühstück bis zum Mittagessen –, einlassen. „Hören Sie, ich hätte Sie so gerne genommen, aber das kann ich nicht machen!" „Anders geht es bei mir aber nicht!" „Ja, warten Sie, warten Sie." Schließlich hat es dann doch noch geklappt. Zwischenzeitlich wurde geheiratet und ich hörte erst dann dort auf zu arbeiten, als ich mit meiner Tochter schwanger war und in den Mutterschutz ging.

Ja, was für eine Führung, denke ich, dass ich ausgerechnet einen Arzt geheiratet habe! Es ist wohl so, dass ich das, was ich in mir selber verspürte und dann durch alle meine Lebensumstände nicht selbst umsetzen konnte, so auf Umwegen miterlebte und auch in gewisser Weise lebte. Ich habe während der vielen Jahre durch ihn so einiges mitbekommen und gelernt. Anfang der siebziger Jahre wurde meine Tochter geboren und später mein Sohn. Zehn Jahre lebten wir in Frankfurt und zogen dann in den Heimatort meines Mannes, wo er geboren war.

Besonders seine Oma war mir dort ein lieber, wichtiger Mensch. Sie war eine Frau mit Herz, sehr gläubig, aber ohne dass sie ihren Glauben irgendjemandem aufdrängte. Wenn wir sie in ihrem Häuschen besuchten, kam stets der Satz: „Ich mache jetzt einen extra starken Kaffee, weil ihr da seid!" Aber der Kaffee war doch stets ein wässriger Oma-Kaffee, auch wenn wir sofort ihr Angebot mit einem: „Oma, vielleicht ein Löffelchen mehr Kaffee", erwidert hatten. Wir lebten in Hessen und Oma sprach immer, wenn ihr das Herz aufging, Dialekt. Manchmal gingen sie und ich Arm in Arm eingehakt spazieren und betrachteten die umgebende Natur. Außer dem anfänglichen „Ei ... ", verstand ich von ihrer ganzen Rede kein Wort. „Was meinst du Oma, ich habe nichts verstanden?", sagte ich dann nach einer Weile. Sie schaute mich dann zunächst erstaunt an: „Ach ja, du kannst das ja nicht verstehen, Mädchen! Nebel werden wir haben!"

Als Oma dann älter wurde und nicht länger alleine in ihrem Haus leben konnte, zog sie zu meinen Schwiegereltern und wir zogen in ihr Häuschen. Ich liebte dieses Haus, konnte mir, sobald wir eingezogen waren, nicht vorstellen, jemals in meinem Leben noch woanders hinzuziehen. Wir bauten um und in der Scheune konnte ich auch ein kleines Stück Slowenien verwirklichen. Es entstand eine offene Feuerstelle, um die herum man sitzen konnte wie in einer offenen weiten Küche. In gusseisernen Töpfen habe ich drinnen Polenta gerührt und manchmal auf einem Gestell, einer Art Maschine, die heute schon museumsreif ist, auf der Feuerstelle gekocht. Immer musste irgendeiner rühren und rühren und rühren.

Mein Mann arbeitete in einem Ärztehaus und war in seinem Arbeitsumfeld äußerst geschätzt und beliebt. Während all der Jahre reisten mein Mann, meine Kinder und ich regelmäßig in meine Heimat Slowenien, um Familienurlaub zu machen.

Meine Schwester Zaria, die Sprachbegabte, war im Ausland verheiratet. Mein Bruder Veljko, der immer ein sehr guter Schüler war, wollte gleich nach dem Abi studieren, aber da gab es nicht sofort ein Stipendium für ihn. Schließlich hieß es, er bekäme nur ein Stipendium für Maschinenbau und nicht für das Fach, was er gerne studieren wollte. Veljko war sehr unglücklich mit dieser Wahl und so entstanden einige Probleme. Damals habe ich einen Moment lang die Welt nicht mehr verstanden, aber heute verstehe ich ihn sehr gut! Schließlich konnte mein Bruder dann doch studieren, wofür er sich interessierte: Philosophie, Psychologie und Soziologie.

Immer schon, solange ich mich erinnern kann, wollte er mit mir über spirituelle Themen reden, überhaupt erst einmal mit mir ins Gespräch kommen. Aber ich hatte damals gar keine Zeit dafür. Ich hatte meine Familie zu versorgen, was auch für mich aus heutiger Sicht, die richtige Reihenfolge in meiner Lebensschule war. Er hat mich nie bedrängt, hat immer leise angeklopft, und wenn ich bedenke, wollte er mir genau das unterbreiten, was heute meine Aufgabe ist.

Als er schließlich zu Ende studiert hatte, sollte er als Lehrer arbeiten und unterrichten. Was hat er gemacht? Er hat es nicht gemacht. Für sich hat er immer weitergelernt, aber an einer Schule unterrichten, wollte er nicht! Es war ja noch Kommunismus. Ich war völlig fertig: „Du heilige Maria, was ist denn jetzt schon wieder los!" „Graziella, was ich da lehren soll, ist nicht die Wahrheit! Ich soll Schülern etwas beibringen, was vorgeschrieben wird!" Er hat lieber in Bibliotheken gearbeitet und wollte schließlich wieder an die Universität zurückkehren, um dort in der Lehre als Wissenschaftler zu arbeiten.

Zeit der Schmerzen

Bei uns zu Hause in Slowenien wurde Familie immer groß geschrieben: Man hat zu einander gehalten und wenn der eine nicht konnte, hat der andere gesorgt und es gab nie ein „Wann-gibst-Du-mir-das-zurück!"

In dieser Idylle in unserem schönen alten Haus in Hessen fing ich irgendwann an Marotten zu entwickeln. Immer wieder aufs Neue hatte ich irgendetwas, einen Schmerz da, einen Schmerz dort. Nie hätte ich mir früher vorstellen können, dass es möglich ist, so viele unterschiedliche Schmerzen zu haben! Einmal war es der Bauch, dann kam der Magen dran, dann fing ich an zu husten. Danach kam der Hals dran und schließlich der Kopf, der viele Jahre schmerzte. Die Ärzte fanden nichts. Man kann sich vorstellen, wie all das für meinen Mann und meine Kinder war. Gewiss alles andere als ein Vergnügen! Meine Familie und ich, wir wurden schwer geprüft. Die Geistige Welt hat mich genau darin unterwiesen, was ich heute meine Berufung nenne. Man sieht, was man alles durchmachen kann – und man kommt dennoch durch! Haben Sie Vertrauen, haben Sie Vertrauen, haben Sie Vertrauen!

Einmal an einem Ostertag habe ich schließlich gedacht, ich schaffe es nicht länger. Diesen Moment werde ich niemals vergessen. Ich hatte keine Kraft mehr! Heute noch sehe ich, wie ich da auf diesem Hof saß. Meine Familie hatte alles gut gemeint und organisiert: den Tisch gedeckt, alles hergerichtet und wir sollten frühstücken. Ich saß da im Morgenmantel wie eine Hundertjährige und dachte nur: Ich sterbe. Nichts ging mehr! Da, in diesem Augenblick, habe ich mich wieder an diesen Gott gewendet, wie so oft schon zuvor. „Du weißt, ich habe immer an Dich geglaubt und ich glaube nach wie vor, aber jetzt kann ich wirklich nicht mehr! Hilf mir bitte jetzt oder lass mich sterben! Lass mich aber nicht hier länger rumhängen!" In diesem Moment kam ein Gedanke. Die Geistige Welt ist auch eine Gedankenwelt. Wenn man wirklich glaubt und vertraut, dann kommt der richtige Gedanke im richtigen Moment. Für mich kam die Antwort: **die Kinder**.

Das Wort „Kinder" hat mich derart vom Stuhl gerissen und ich verspürte diese Kraft. Sie war stark und mächtig. Danach ging alles ziemlich schnell. Es kam wirklich eins zum andern und ich konnte diese Kraft nach und nach auch umsetzen. Die Geistige Welt hat mich lange mit Schmerzen im ganzen Körper unterwiesen, bis ich dem Weg folgte, der für mich bestimmt ist. Alle diese Schmerzen gehörten einfach zu meiner Lebensschule und waren wichtige Lektionen für meine jetzige Arbeit. So kann ich heute die anderen Menschen leichter verstehen und ich glaube, sie nehmen es wahr. Ich danke der Geistigen Welt!

Ostern bedeutet Auferstehung von den Toten. Ich sage heute: Ostern ist für mich nicht nur zu Ostern. Ich erlebe immer wieder, wie viele lebendige Tote auf unseren Straßen herumlaufen. Wir sollen diesen Menschen helfen! Sie aufwecken, dass sie sich in ihrem Herzen wieder verspüren, wo jeder wirklich zu Hause ist! Deswegen sage ich: Ostern ist für mich jeden Tag, überall und immer dort, wo Licht, Kraft, Liebe, Zuversicht, Freude, Vertrauen, Harmonie, Heilung und vor allem Wahrheit verbreitet wird! Das ist für mich Ostern! Amen!

Reiki

Die Geistige Welt hat bei mir an meine Tür angeklopft. Erst war das ein leises Klopfen und ich habe leise nicht gehört – und Gott sei Dank, habe ich das leise Klopfen nicht gehört, denn so hatte ich die Möglichkeit viel,

viel mehr zu erfahren. Ich sage heute: Jeder Mensch kommt auf die Welt mit einer Gabe, um sie später als seine Aufgabe zu erfüllen – oder auch nicht! Ich denke, wenn eine Gabe eine Berufung ist, dann ist die Geistige Welt wirklich erbarmungslos! Sie klopft und klopft, und wenn man das Klopfen überhört, dann kann aus einem leisen Klopfen eine Turbulenz werden! Früher habe ich mich darüber aufgeregt. In schönen Zeiten habe ich mit dem Gott im Guten gesprochen, in schlechten Zeiten mit ihm gestritten, aber ich habe mich nie von ihm getrennt! Gott sei Dank!

Viele Jahre lang war ich Ehefrau, Hausfrau und Mutter. Während dieser Zeit hatte ich auch die Möglichkeit verschiedene meiner Hobbys zu verwirklichen, wie z. B. das Malen oder Kosmetika und Kräuterelixiere herzustellen. Dies war eine schöne und erfüllte Zeit, aber dennoch war tief in meinem Inneren eine Sehnsucht, die mich oft unzufrieden und traurig machte und die später zu all den vielen Schmerzen führte. Es war wohl meine Berufung, die da bereits an mir gerüttelt hat!

In dieser Situation stieß ich auf das Thema „Reiki". Diese Heilungsweise hatte mich schon seit meinen Kindertagen beschäftigt. Ich kannte niemanden, mit dem ich darüber hätte reden können. Mein Bruder Veljko, der mich immer wieder auf meine Fähigkeiten hingewiesen hatte, war weit weg in Slowenien. Meine Familie war völlig erstaunt, als ich eines Tages sagte: „Wisst Ihr was, ich fahre jetzt zu einem Reiki-Kurs!"

So gelangte ich dorthin. Ich erhoffte mir in erster Linie Hilfe für mich selbst. Während des Seminars staunte die Lehrerin und sagte, sie verspüre bei mir eine besonders starke Kraft, die ich auch weiterzugeben habe. Ich dachte nur: „O Gott, o Gott, das auch noch!"

Als ich wieder nach Hause fuhr, wusste ich nur, dass mit mir etwas Besonderes los ist. Als ich später wieder daheim war, habe ich mich immer mehr mit dem Thema auseinandergesetzt. Das Ganze ließ mir keine Ruhe mehr und in meinen Träumen wurde ich noch bestärkt. So entwickelte sich dieser Weg immer weiter zu meiner Berufung!

Der Ausnahmebesuch

1993 kurz vor Ostern. Normalerweise sind wir, mein Mann, meine Kinder und ich, immer nur im Sommer einmal jährlich in meine Heimat Slowenien gereist. Meinen Bruder Veljko habe ich bei diesen Besuchen gar nicht immer zu Gesicht bekommen. Er lebte ja nicht mehr ausschließlich im Elternhaus. In seiner Freizeit las er viele Bücher und machte Yoga. Nun war es mein Mann, der drängte einmal außer der Reihe an Ostern nach Slowenien zu reisen: „Sollen wir jetzt nicht fahren? Letzten Sommer waren wir nicht dort!" „Jetzt an Ostern ist es doch noch viel zu kalt!", meinte ich. Aber er erwiderte „Vielleicht nur für ein paar Tage." „Na gut!" Ich erinnere mich, dass wir nur kurz verreisten.

Zum ersten Mal zog es mich geradezu zu meinem Bruder. Er hatte nach Yogaübungen etwas Probleme mit der Atmung bekommen und es ging ihm gesundheitlich nicht so gut. Mein Besuch hatte aber auch noch einen anderen Grund: Ich wollte mit ihm reden, um zu verstehen. „Kannst du mir bitte sagen, was du mir immer erzählen wolltest? Ich weiß nicht, was mit mir los ist, ich träume immer nur ‚Reiki, Reiki'. Alles verändert sich für mich so stark – auch meine Bilder, die ich male. Die Kunstlehrerin meinte sogar zu einem Bild: „Dieses Bild darfst du niemandem geben! Das hat was Geistiges!" Mein Bruder machte eine Bewegung um 180 Grad und schaute mich an: „Meinst du wirklich? Willst du wirklich?" und ich antwortete: „Ja, jetzt möchte ich wirklich alles hören!" Seine Freude war so groß und er sagte leise: „Sag mal, Graziella, glaubst du an Gott?" „Bruder, mein Gott, was für eine Frage?! Klar, glaube ich an Gott!" „Halt, halt, halt, Schwester", und er fuhr mir sachte über die Hand. „Ich meine nicht, weil Sonntag ist, und alle in die Kirche rennen. Du weißt, wie das so ist! Ich meine, hier im Herzen, spürst du es? Wenn du im Herzen spürst, glaubst du an Gott." „Siehst du, Bruder! Da sind wir uns vollkommen einig, so meine ich es auch! In der Kirche bin ich am liebsten alleine. Wenn mir danach ist. Aber hier in meinem Herzen ist der Gott immer. Das war so, ist so und ich weiß, dass bleibt so!" „Siehst du!", meinte er dann und fing an, mir allerhand zu erzählen und zu erklären – wirklich über Gott und die Welt, über Bücher und die Bibel. Ich habe nicht so viel in der Bibel gelesen, nur früher in der Schule, aber später nicht mehr.

Veljko besaß einige Exemplare der Bibel. „Willst du eine haben?" „Ja!", sagte ich. „Welche? Schau mal diese hier!" Dieses Exemplar war von der ersten bis zur letzten Seite durchgearbeitet und viele Passagen waren mit Bleistift unterstrichen. Diese wählte ich aus! Dann habe ich meinen Bruder mit Reiki behandelt wegen seiner Atemprobleme. Er erzählte: „Seitdem mir das beim Yoga mit der Atmung passierte, habe ich mich gefürchtet, später noch mal diese Übungen zu machen. Ich habe kaum gewagt, die Augen zu schließen, weil ich Angst hatte, es könnte sich wiederholen!" Er ließ mich dann meine Hände auflegen. An Ostern fastete er auch in diesem Jahr, wie er es einmal jährlich zu dieser Zeit immer zu machen pflegte. Er war auch sonst sehr bewusst und konsequent mit seiner gesamten Ernährung. Über dieses Thema sprach er schon, als es noch nicht in aller Munde war. Ich habe ihn damals behandelt und er hat sich gefreut. Wenn ich es heute so recht betrachte, war er der Erste, den ich behandelt habe. „Weißt du was, ich habe jetzt nicht so viel Zeit", sagte ich. „Weil wir jetzt nur sehr kurz hier sind und die Mutter erwartet mich. Ich komme im Juli wieder und zwar alleine. Dann habe ich mehr Zeit und ich möchte, dass du mir dann alles erzählst, was du mir schon immer erzählen wolltest." „Ja, sicher!", meinte er erfreut. Als wir abreisten, sah ich ihn noch am Fenster. Er schaute uns unentwegt hinterher. Ich drehte mich noch einmal um und er schaute immer noch. Ich sehe dieses Bild heute noch vor mir.

Der Tod meines Bruders Veljko

Am 20. Juli erlebte ich dann einen riesigen Schock. Mein Bruder Veljko war gestorben, einfach gestorben! Meine Tochter wollte mich in die Arme nehmen, um mich zu trösten, aber ich konnte keinerlei Berührung ertragen. Ich konnte weder schlafen noch essen, war wie gelähmt. Mein einziger Gedanke war: Das kann doch nicht wahr sein, wir wollten uns doch treffen! Schließlich beschloss ich – wie zur Beruhigung – mit Veljko Kontakt herzustellen. Ich kann gut reisen, visualisieren. *Ich versuchte mir vorzustellen, wie Veljko tot in seinem Bett lag, aber das Bett war leer. Weder lebendig noch tot konnte ich ihn dort entdecken. Niemand war im Bett. Ich probierte es nochmal. Plötzlich, beim dritten Mal, stand mein Bruder als großer, weißer Engel neben seinem Bett. Er war groß und schlank, ein weißer Engel mit richtigen Flügeln. Sein Gesicht war freundlich. Sein Lächeln war wie immer sanft und voller Liebe. In diesem Moment erinnerte er mich an Jesus. Plötzlich sagte er: „Sei nicht traurig Schwester! Du weißt ja, man geht immer dann, wenn für einen Zeit ist.* " Das hat mein Bruder auch schon früher gesagt, als er noch lebte. Manchmal sprechen die Menschen kaum noch miteinander. Aber wehe, wenn einer gestorben ist, dann ist da was los! Mein Bruder war dann immer ruhig und meinte tröstend: „ Seid nicht so traurig! Man geht immer dann, wenn für einen Zeit ist." Jetzt bei dieser Vision fielen alle Ängste von mir ab, auch die Angst vor dem Tod. Nun wusste ich ganz genau: Mein Bruder ist jetzt im Licht, aber in meinem Herzen lebt er weiter!

Dann fuhren wir zur Beerdigung nach Slowenien. Manches war ganz eigenartig. Wir gelangten vor die Kirche. Es war der 23. Juli 1993. Wie bestellt, nieselte es ein bisschen und aus heiterem Himmel kam ein riesiger Regenbogen direkt über diese Kirche. Wir gingen weiter zum Friedhof, kamen vor das Tor und wieder bildete sich erneut ein großer Regenbogen, diesmal über dem Friedhof. Mein Mann fragte noch: „Siehst du den Regenbogen? Weißt du, was das bedeutet?" Ich gab ihm kurz zur Antwort: „Ach, ein Regenbogen kommt nach dem Regen." „Nein, ein Regenbogen bedeutet, dass sich der Mensch mit Gott vereinigt!" Er wollte mir dann etwas von der Sintflut erzählen. Ich habe nicht so viel Bibel gelesen, hatte keine Zeit dazu – gerade mal in der Kindheit zur Kommunion oder Firmung, aber dann war Schluss. Ich fühlte, dass das tägliche Leben für mich wie eine lebendige Bibel war.

Heute ist der Regenbogen für mich ein sehr bedeutendes, bestärkendes und wegweisendes Symbol in meinem Leben geworden.

Erste Erfahrungen

Wieder zu Hause machte ich dann meinen Meister- und den Lehrer-Grad wie in einem Sog. „Jetzt ist Schluss!", dachte ich bei mir. „Ich habe doch alles gemacht!" Aber von wegen. Die Träume ließen mir keine Ruhe, und so habe ich angefangen Kurse zu geben.

Meine ersten Kursteilnehmer kamen fast alle aus dem Ärztehaus, in dem mein Mann auch arbeitete. Die meisten arbeiteten selbst in Heilberufen oder waren Ehefrauen von Ärzten. Kurz vor dem Kurs bekam ich dann doch etwas Bammel und dachte: „Um Gottes willen, was mache ich da nur, wenn sie kommen?!" Schließlich habe ich meine Tochter angerufen, die schon nicht mehr zu Hause wohnte. „Tanja, meine liebe Tanja, stell dir vor, gleich ist mein Reiki-Kurs, die Leute kommen jeden Moment, und ich weiß gar nicht, was ich sagen, was ich machen soll!" „Hey, Mama, was hast du früher immer zu uns gesagt, weißt du noch? Ruhig, ruhig, dreimal tief durchatmen, erst mal die Füße richtig auf dem Boden spüren. Und du, weil du ja erwachsen bist, kannst auch noch einen Kaffee trinken!" Meine Bedenken waren dann gleich wie weggeblasen.

Der Kurs begann und alles lief wie am Schnürchen. Eine Frau hatte schon früher in der Kindheit Röhrchen in die Nase bekommen, damit ihre Nase frei ablaufen konnte. Jetzt beim Handauflegen reagierte ihre Nase sofort. „Bei mir läuft und läuft die Nase." Es war eine richtige Befreiung.

Zum Schluss des Kurses war ich dann tief ergriffen und bekam einen Heulausbruch. Alle Teilnehmer kamen zu mir und ich spürte nur ihre Hände, die sie mir auflegten. „Danke, danke, danke", hörte ich von allen Seiten. So verlief mein erster Reiki-Kurs. Alles war gut, alle haben sich gefreut, denn endlich ging es mir jetzt gut nach so vielen Jahren!

In mir wurde der Wunsch zu arbeiten immer stärker und starker. Die Geistige Welt hat mich getreten und zugleich getrommelt. Ich konnte nicht aufhören, ich musste einfach weitermachen. Wenn ich geglaubt hatte, ich wüsste jetzt bereits, was in so einem Kurs passieren kann, wurde ich mit meinem zweiten Kurs eines Besseren belehrt. „Du lieber Gott!", dachte ich, „bin ich hier etwa in einem Lazarett?" Um mich herum war ein einziges Gestöhne und nach Luft ringen. Zum Glück war auch eine Ärztin anwesend. Ich bat sie einmal nach dem Rechten nachzuschauen, weil ich doch etwas irritiert war. „Alles in bester Ordnung, Graziella", war ihr Resultat. Bereits in diesem zweiten Kurs passierten große Dinge. Da war zum Beispiel eine junge Frau von Ende zwanzig, die aussah, als trage sie eine große Trauer mit sich herum. Während des Handauflegens bekam sie auf einmal Schmerzen am ganzen Körper. Die Ärztin untersuchte sie und meinte, dass alles in Ordnung wäre. Ich bat daraufhin die Gruppe, dass alle ihre Hände bei dieser Frau auflegen sollten. Ich selbst berührte ihren Kopf. Sie legte sich hin, sie kam zur Ruhe und konnte sich ganz tief entspannen, während der Rest der Gruppe weiterarbeitete. Plötzlich richtete sich diese junge Frau auf und war wie verwandelt, richtig fröhlich, lebendig. Vor der Behandlung hatte sie kaum etwas gesprochen und nun fing sie an zu erzählen. „Soll ich euch was erzählen? Ich muss euch was erzählen!" „Ja, was ist denn geschehen?" „Ja", zuerst hatte ich diese Schmerzen und als ich dann so dagelegen bin, kamen auf einmal wieder diese grässlichen Puppen direkt auf mich zu. Zum ersten Mal habe ich sagen können: „Jetzt haut endlich mal ab!" Und sie sind tatsächlich einfach abgezogen. Dann konnte ich die Augen zumachen und mich entspannen. Plötzlich sah ich einen dunkelblauen Himmel mit nur einem einzigen Stern." – Dieser blaue Himmel mit dem einen Stern sollte mir auch wieder begegnen. – Wir waren alle sehr gerührt. Sie konnte uns noch mehr berichten, denn natürlich gab es auch eine Vorgeschichte. Als sie klein war, mussten ihre Eltern immer sehr viel arbeiten und sie blieb dann alleine zu Hause. Sie hatte ein Gitterbettchen, das war über und über mit Teddybären und Steifftieren und Püppchen behängt. Vor dem Einschlafen hatte sie immer das Gefühl gehabt, als ob diese Spielfiguren Fratzen seien, die immer näher und näher auf sie zukommen würden. Sie konnte sich nicht gegen sie zur Wehr setzen, weil diese Fratzen einfach nie weggingen, und aus Angst zog sie sich die Decke über den Kopf. Man kann sich jetzt in etwa vorstellen, wie viel Angst in manchen Kinderwagen durch die Straßen geschoben wird und dass solche lustigen Püppchen und Tierchen gar nicht unbedingt eine aufmunternde Rolle für das spätere Leben von manchen Menschen spielen werden. „Außerdem kann ich mich auch nicht im Spiegel ansehen, weil ich das Gefühl habe: Ich bin grässlich, habe eine Fratze! Mir ging es schon oft so schlecht, dass ich gar nicht mehr leben wollte!" „Mädchen, Reiki ist gut und schön, aber wenn du solche Gedanken hast, dann brauchst du einen Arzt, dann solltest du eine Therapie machen", war meine Antwort darauf. „Ja, aber, ich war doch schon in Therapie! Jahrelang sogar! Aber, das, was ich heute hier berichtet habe, das konnte ich dort nie erzählen! Ich weiß auch nicht warum, aber jetzt kam die ganze Geschichte von alleine und auch die Sache mit dem Spiegel ..." „Ja, weißt du denn eigentlich, wie schön du bist? Willst du dich jetzt mal in einem Spiegel anschauen?", fragte ich sie. Als sie dann vor dem Spiegel stand und sich betrachtete, kam ein Lächeln über ihr Gesicht. Sie sah aus wie ein Engel und dann stellte sie fest: „Ich bin ja wirklich schön!" Anschließend schaute sie sich noch eine ganze Weile im Spiegel an. Später machten wir noch einen Spaziergang und dabei erzählte sie mir noch etwas: „Ich habe jetzt ganz große Lust bekommen zu schreiben! Das wollte ich früher schon einmal machen. Eventuell Kinderbücher. Ich konnte meinen Wunsch nie umsetzen. Jetzt habe ich wieder Lust bekommen und ich habe das Gefühl, dass ich es diesmal schaffen werde."

Kein Sozialfall

Kurze Zeit später rief mich eine Krankenschwester an, die in meinem Reiki-Kurs gewesen war. Sie erzählte mir von einem jungen Mann aus der Verwandtschaft. Er hatte studieren wollen, war ganz sportlich, hatte viel gejoggt. Plötzlich begannen seine Knie zu schmerzen. Er musste sein Studium unterbrechen, konnte nicht mehr joggen, war nur noch zu Hause bei seiner Mutter als Sozialfall. „Du, Graziella, weißt du was, ich glaube, du kannst ihm helfen!" „Wo denkst du denn hin?", meinte ich abwehrend. Sie blieb aber hartnäckig: „Lass uns doch einfach mal vorbeikommen." „Also gut, dann kommt vorbei und wir werden sehen", war meine Antwort. Ich hatte einen großen Raum, wie es mein Bruder für sich immer gewünscht hatte, in der Scheune ausgebaut. Wenn da jemand in diesen Raum kam, selbst wenn es Kinder waren, dann verschwanden schon nach wenigen Schritten alle Turbulenzen. Alle begannen nur noch im Flüsterton zu sprechen, sobald sie diesen Raum betraten, keiner war mehr laut. Was dann passierte, werde ich nie vergessen. Ich behandelte also diesen jungen Mann. Es war eine tiefe Behandlung. Er schwitzte derart, dass es fast schon durch die Decke gedampft hat. Ich behandele ohnedies ausschließlich in bekleidetem Zustand, und manchmal gebe ich auch noch eine Decke über die Kleider. Es war unglaublich, was da passierte. Ich fragte ihn: „So, Junge wie geht es dir?" „Ja, es geht mir gut, aber ich weiß, wenn ich aufstehe, ist es genauso wie vorher." „Weißt du, ich weiß nicht, wie es nachher wird. Also, ich habe dich jetzt so behandelt, wie ich das immer tue, und nun wollen wir mal sehen! Mehr kann ich nicht tun! So, jetzt steh mal langsam auf." Aber, von wegen langsam! Er sprang von diesem Bett so richtig hoch, sprang dann noch ein paar Mal so richtig auf. Der Schmerz war verschwunden. Im Gesicht hatte er sich total verändert. „Junge, wie siehst du aus?", stellte ich ganz verblüfft fest. Er eilte vor den Spiegel und genauso wie die junge Frau, sagt auch er: „Ja, wie sehe ich denn aus?!" Und eine Freude stand ihm im Gesicht. Das war unglaublich. Später konnte er dann wieder studieren, joggen und es ist ihm weiterhin gut gegangen mit seinen Knien. Was war geschehen? Ich habe keine Ahnung, was geschehen war! Wir müssen nicht alles wissen! Für mich ist der Weg bei dieser Arbeit: ertasten, einfühlen, mitfühlen, mitteilen oder auch nicht mitteilen. Wir sollen nicht immer alles mitteilen – die Geistige Führung zeigt mir immer genau das Richtige. Für mich ist der größte Teil an dieser Arbeit: Geschehen lassen! Geschehen lassen, das was wir nicht machen können. Das ist Geistige Heilung. Wir können sie nicht machen – deswegen geschehen lassen. Es geschieht oder geschieht nicht. Es dauert. Geistige Heilung ist für mich nach wie vor ein tiefes Geheimnis! Ein tiefes Geheimnis, das wir nicht kennen und es wäre gut, wenn wir es auch nie erfahren, ergründen würden. Der Mensch muss auch nicht überall mischen und verändern! Deswegen ist für mich die Geistige Heilung ein tiefes Geheimnis und ist Liebe, Liebe und noch einmal Liebe und Selbstheilung. Ein Geheimnis wird es mit Sicherheit auch bleiben.

Als die beiden gegangen waren, war es bereits abends sehr spät geworden. Ich hatte ganz leise Musik laufen. Heute arbeite ich ohne Musik, weil ich einfach hören muss, was geschieht. Ich habe dann diese Musik so laut aufgedreht, bis zum Anschlag. Es hat gedröhnt im ganzen Raum und mich erfüllte das Gefühl: Ich bin dieser Raum. Bis in jede Ecke und bis an die Decke. Ich meinte mich in alle Richtungen ausdehnen zu können. Im hinteren Teil des Raumes hatte ich immer einen Kerzenleuchter stehen mit fünf langen Kerzen. Eine dieser Kerzen hatte ich trotz aller Versuche nie zum Brennen bekommen. Nun ging ich nach hinten, zündete alle Kerzen an, wie im Schlaf, und plötzlich machte diese eine Kerze ein zischendes Geräusch, eine riesige Flamme schnellte hoch und die Kerze brannte

Stück für Stück bis nach unten wie die anderen vier Kerzen auch! Ich habe lange nachgedacht, was da wohl passiert war. Heute deute ich es so: Man kann einen ganzen Raum mit der Liebe, mit Energie füllen, es wird einfach sehr deutlich wie meine Arbeit heute aussieht. Ich beobachte, wenn viele Menschen in einem Raum sind, wie sich dann viele Gesichter verändern, wenn die Freude aufkommt. Zuerst waren manche Menschen noch wie geknickt und bedrückt, als sie ankamen. Später, auf einmal, nachdem ihre Herzen aufsprangen, selbst wenn sie sich dessen überhaupt nicht bewusst sind, dass da etwas passiert ist, kommt diese Veränderung. Wenn man eine Vertrautheit in einen Raum hineinbringt, dass jeder so sein kann, wie er ist, dann hat man bald eine große Kraft entwickelt und diese Kraft ist im Raum und erfüllt den ganzen Raum. Ich verstehe heute noch etwas anders: Diese Ausdehnung, die ich da erlebt habe, die ich früher nicht verstanden hatte, ich konnte sie nicht einordnen. Heute kann ich sie einordnen. Ein älterer katholischer Priester hat mir eine Erklärung gegeben, als er meinte: „Sie sind von Gott begnadet, wenn sie bitten, kanalisieren sie diese Kraft, und es ist möglich, dass andere dies auch noch wahrnehmen, wo diese Umkehrung passiert."

Welten-Reisen

Früher hätte ich jedem einen Vogel gezeigt und gesagt: „So was gibt es doch nicht!" Doch nach dem Tod meines Bruders und allen Veränderungen, die ich anschließend durchlaufen habe, habe ich festgestellt, dass vieles möglich ist. Und man muss selbst erfahren, dann hört man ganz schnell auf zu spotten. Von mir aus mag es auch jetzt heißen, dass ich ein ganzes Vogelnest habe, aber ich weiß, was ich erlebt habe und immer wieder von neuem erlebe.

Einmal bin ich in ein Seminar gegangen, bei dem es hieß, man würde Schamanische Reisen unternehmen. Das Ganze fand in einer Burg statt, und es war bereits dunkel, als wir uns abends trafen. Die Veranstaltung begann mit Trommeln und wir machten dann eine Reise, eine Visualisierung. Unsere erste Reise ging in die untere Welt. Man sollte von irgendeinem Ort aus, ganz beliebig, von wo aus man wollte, starten. *Plötzlich war ich in meiner Heimat, auf einem Grundstück, das mir sehr wichtig ist, an dem Baumstumpf eines Kirschbaums. Der Baumrest war schon richtig alt und gespalten. Mein Bruder Veljko hatte immer gemeint: „Graziella, dort ist der schönste Platz!" Plötzlich aus heiterem Himmel war ich in diesem Baum und rutschte rein wie in eine Röhre, und dann ging es los, und ich habe mich gefühlt wie ein Bob-Fahrer. Im totalen Tempo ohne Hindernisse ging die rasante Fahrt in die Unterwelt wie geschmiert ab. Ich landete auf einer Wiese und stand plötzlich einer ganzen Reihe von Schlangen gegenüber, die dicht bei dicht nebeneinander mit ihren Leibern beieinander standen wie eine Mauer und die sich verbeugten. Sie bildeten einen richtigen Halbkreis um mich. Früher hatte ich immer Angst vor Schlangen gehabt, nun stand ich ihnen so gegenüber.* Ich wollte zunächst gar nicht wahrhaben, dass die Schlange mein Krafttier sein soll, aber es scheint doch wirklich wahr zu sein.

Die zweite Reise führte uns in die mittlere Welt. *Ich ging zur Tür hinaus und ich wollte weitergehen, doch plötzlich stand ich vor einem richtigen Abgrund. Auf der einen Seite erhob sich eine Straße steil hoch, wie zu einem Felsen, und dort in der Höhe stand eine riesiggroße weiße Gestalt. Sie sah aus wie die Jesus-Gestalt in Rio de Janeiro. Ich schaute etwas erstaunt und da hat es geheißen: „Du darfst da nicht hoch! Es liegen dort Heilige begaben!" Ich bin also umgekehrt, aber an der anderen Seite, wo ich weitergehen wollte, war eine dichte Dornenhecke und es war kein Durchkommen möglich.* Dann wurde schon wieder getrommelt und wir sollten erzählen, was wir erlebt hatten: „Ich dachte bei mir: „So ein Schwachsinn!", aber der Seminarleiter meinte: „Graziella, morgen gehen wir raus und schauen uns dort mal um." Es stellte sich schließlich am nächsten Tag heraus, dass das, was ich erzählt und erlebt hatte, den Tatsachen entsprach. Oberhalb des Hauses waren wirklich in früheren Zeiten Heilige begraben gewesen, die man später umgebettet hatte, und auf der anderen Seite war ein einziges Dornenmeer, das unmöglich zu durchqueren war. Ich war sehr verwundert, richtig perplex. Es hat alles bis ins Detail gestimmt.

Dann war die dritte Reise in die obere Welt. Wir sollten nach dem Lehrer fragen: „Wer ist mein Lehrer?" *Dann war ich wieder genau am gleichen Ort wie bei der ersten Reise an diesem Baumstumpf. Wie mit einem Rauch stieg ich in die Höhe, begleitet von meinen Krafttieren. Ich startete von da aus in den Himmel. Ich wollte im-*

mer höher und höher, doch ich stieß an eine Schicht, an eine Art Decke, die aussah wie schmutziger Schnee, der schon lange liegt. (Später in einem anderen Seminar erzählte dann einmal ein Wissenschaftler, dass es genau diese Schicht in der Erdatmosphäre geben würde.) *Ich musste in die Schneeschicht ein Loch bohren, durch das ich an in die obere Welt zusammen mit meinen Krafttieren gelangen sollte. Plötzlich war ich in einer runden Kuppel, die in der Mitte wie geteilt war. Oben in der Höhe war ein dunkelblauer Himmel mit einem einzigen Stern. Vorne war ein Bereich, den man nicht betreten durfte. Im anderen Teil konnte man sitzen oder stehen. Vorne waren ein Treppchen, ein Podest und eine große Perlmuttwand. Ich fragte: „Wer ist mein Lehrer?" Ich fragte noch ein zweites Mal: „Wer bitte ist mein Lehrer?" In diesem Moment war ich dann sehr erschrocken, weil über diese ganze perlmuttartige Wand ein Bild von Jesus Christus erschien, ein Brustbild, das über die ganze Wand verlief. – Dann erschrak ich erneut, denn ich sah wie Indianer, Junge, Alte, Kinder, bunt alles durcheinander, die ganze Geistige Welt im Halbkreis auf diesem Podest tanzte, sang und feierte. Es war wirklich feierlich und unglaublichschön, was sich dort abgespielt hat. Und dann dachte ich: „Um Gottes Willen! Das war wunderschön."* Dann war diese Reise zu Ende und ich dachte: „So etwas gibt es nicht!" Später erlebte ich das Gesehene in einem Traum noch einmal. Langsam erinnerte ich mich wieder an diese junge Frau aus meinem Reiki-Kurs, die uns vom dunkelblauen Himmel erzählte und von diesem einen Stern am Himmelszelt. Später erlebte ich auch das noch einmal in einem Traum.

Ein anderes Mal, es war ziemlich sommerlich warm, ich nahm wie so oft meine Trommel und ging ins Feld und durchquerte eine wunderschöne Wiese mit herrlichem, hohen Gras. Schließlich ließ ich mich unter einer großen, starken Eiche nieder, neben der ein kleines Bächlein plätscherte, und ich sprach mein Gebet. *„Ich bitte die Geistigen Führer auf diesen Platz, denn ich brauche Hilfe!"* Wie aus dem Nichts zeigte sich bei geschlossenen Augen ein Indianer wie aus Gold: stark, mächtig, stolz, mit einem festen, intensiven Blick. *Dann hat es geheißen: „Du brauchst nicht zu rufen, wir sind schon längst da! Wenn du etwas benötigst für deine Tinkturen und Salben, eine Wurzel, oder Ähnliches, dann bitte, stell' eine Frage und du bekommst die Antwort, wenn Du ganz stille bist."* Mein Bruder hatte mir den gleichen Rat gegeben: „Geh in die Stille und frage!"

Später in einer Meditation wollte ich wissen, wie dieser Indianer heißt, und die Antwort lautet: „Frage nicht so viel, tanze lieber!" Dann sah ich ihn wieder, dieses Mal trug er ein Gewand. Ich halte mich daran, für mich war das Thema damit erledigt, ich versuchte nicht ungeduldig nachzubohren und ich fragte auch bei einer solchen Antwort nicht weiter nach.

Lernen auf Koh Samui

In Deutschland konnte ich zu diesem Zeitpunkt nur in Zusammenarbeit mit einem Arzt oder Heilpraktiker als Heilerin arbeiten. Die Gesetzeslage war bis Mai 2004 so. Ich musste also für mich eine Lösung finden. In meinem Alter, wo die Schule schon so lange zurücklag, war dies schon ein großer Schritt. Innerlich fühlte ich mich unter einem weiteren starken Druck. Ich hatte starke Schuldgefühle wegen meines toten Bruders. Hätte ich mich ihm gegenüber doch nur nicht zu meinen Neigungen bekannt, dann wäre er vielleicht nicht gestorben, dachte ich. Die Schuldgefühle ließen mir keine Ruhe, so dass ich am liebsten diese Arbeit wieder aufgegeben hätte; aber der Drang, Menschen zu helfen, war in meinem Herzen zu stark.

Per Zufall stieß ich in einer Zeitung, die ich mir zum ersten Mal in meinem Leben kaufte, auf die Anzeige einer renommierten Frankfurter Heilpraktikerschule. In einem einzigen Kompaktkurs wurde das gesamte Prüfungspensum für die Heilpraktikerprüfung während eines Ferienseminars in Thailand unterrichtet. Ohne große Umwege meldete ich mich dort an und bin dann auch tatsächlich dorthin geflogen. Wenn man bedenkt, dass ich jahrelang mit allen Schmerzen der Welt krank war und zu guter Letzt mich kaum mehr getraut hatte, Auto zu fahren, kann man sich die Grenze, die ich mit dieser Reise überschritt, in etwa vorstellen. Ich weiß nicht, wo diese Kraft herkam. Plötzlich bestieg ich ganz alleine ein Flugzeug. Ich kannte natürlich auch keine Menschenseele, die an diesem Kurs in Koh Samui außer mir teilnahm. Das muss man sich vorstellen! Was das für eine Kraft war, eine Führung, und tatsächlich kam ich wirklich an Ort und Stelle. Seltsamerweise wollte mein Bruder Veljko, der mir ja über viele Jahre hinweg immer schon von dieser Arbeit, die ich heute mache, erzählen wollte und von vielen weiteren Dingen, selbst immer nach Thailand reisen. Aber ich habe mich damals nicht darum gekümmert. Ich glaube, er wusste bereits alles. Er sagte ja auch immer zu mir: „Wenn du ganz stille bist, ganz stille und du bittest, stellst deine Frage, dann bekommst du die Antwort." Heute weiß ich, dass er Recht hatte, damals wollte ich meine Ruhe haben und von all diesen Dingen nichts hören. Sechs Wochen lief dieser Unterricht sechs Stunden täglich mit 36 Schülern. Das war schon hart, aber für mich war alles so interessant, dass mir nichts entgangen ist, was dieser Lehrer da unterrichtet hat. Die ein- oder zweistöckigen Strohhäuschen, in denen wir wohnten, waren wie eine Siedlung aufgebaut, mit dem Schulgebäude mittendrin – zum Glück mit Klimaanlage. Ich hatte so lange Jahre nicht viel geschrieben, dass ich vom Bleistift schnell Blasen an den Fingern bekommen habe. Ich hatte dann noch ein großes Glück, weil neben mir eine Frau, eine Lehrerin, saß, die für mich mitgeschrieben hat. Für mich war es immer wichtiger, zuzuhören. Das Praktische ist für mich immer am wichtigsten, das war schon in der Schule so. Viele Aufgaben habe ich nicht gemacht, aber dafür habe ich immer gut zugehört. So war das für mich schon damals mehr als alle anderen Schulaufgaben. Diese Lehrerin hat gerne mitgeschrieben und ich habe dann eine ganze Seite in einen kompakten Kernsatz, der einfach gesessen hat, zusammengefasst. Wir haben uns wunderbar ergänzt. Ich habe mich wirklich auf die Hinterbeine gestellt. Es hat eine Freude gemacht zu lernen, weil der Lehrer alles so gut gebracht hat, dass man wirklich verstanden hat, um was es ging.

Es passierten dann noch bedeutende Dinge für mich. An einem Tag musste ich mich ein bisschen zurückziehen, etwas für mich alleine sein. Der Strand war ja ganz leer, und ich habe mich auf einen Ast gesetzt und saß da. Ich kann lange sitzen: drei, vier Stunden. Dieses Meer, dieses Wasser, ich habe es intensiv angeschaut, erlebt. Es ging ein ganzes Stück flach hinein, dann kam auf einmal ein Riff, und auf andere Seite war es wie Tag und Nacht, absolut tief und ein Getöse. Es hat richtig gedröhnt, eine unbändige Kraft. In dem Moment habe ich gelernt, welche Kraft Wasser ist. Eine unglaublich starke Kraft! Ich habe da gesessen und auf einmal hat es mich wie hineingezogen. Ein Gefühl wie ein Sog, so hat das Wasser gezogen. Das Wasser hat auf der einen Seite seine Stärke gezeigt, diese Kraft, diese Energie, und auf der anderen Seite wie unberechenbar, wie gefährlich, ja auch zerstörerisch es sein kann. Diese Erfahrung habe ich in dem Moment gemacht.

Dann kam eine Vision. *Ich erfuhr, dass hinter diesem Riff ein Mädchen gestorben war. Ich sah eine weiße Kutsche und drauf war mein verstorbener Bruder wie ein Engel mit ganz normalem Gesicht. Neben ihm saß ein Mädchen in einem weißen Kleid so wie zur Kommunion mit einem Kränzchen. Weiße Pferde zogen diese weiße Kutsche. Plötzlich sagte dieses Mädchen – (ich höre keine Stimmen, aber in dieser Situation sehe und höre ich bei geschlossenen Augen die ganze Szene wie im Alltag): „Ich heiße Anita und ich bin vor zwanzig Jahren hier hinten ertrunken." Es hat geheißen: Anita und mein Bruder, die zwei seien mir behilflich bei meiner Arbeit, die zwei seien behilflich als Abholer, wenn ich diese Arbeit, diese Seelenarbeit mache.* Ich habe nachträglich gehört, dass an dieser Stelle sehr viele Menschen ertrunken sind, weil das Meer dort so besonders heimtückisch ist. Es erscheint so harmlos, ist aber gleichzeitig so bedrohlich. Manche Menschen sind dort einfach weggespült worden. Später habe ich oft die Erfahrung gemacht, dass Patienten gesagt haben: Es waren zwei Engel da, einer war männlich, der andere weiblich. Diese zwei Gestalten kamen plötzlich und haben ein Päckchen, zum Beispiel von ihrem Fuß einen Schmerz, weggenommen und seien dann wieder gegangen. Ich habe ein Gespür, das sind die zwei. Für mich war auch der Name Anita interessant. Ich habe später einmal ein Buch über philippinische Heiler bekommen und habe dort entdeckt, dass man bei den Philippinen die Geistigen Führer, die jeder Mensch hat, ANITOS nennt. Zudem fand ich bemerkenswert, dass der Name „Anita", die „Begnadete" bedeutet, während mein eigener Name „Graziella" als „Gnade" übersetzt werden kann.

Mein zweites Erlebnis auf Koh Samui war auch sehr bedeutend für mich. Wir Schüler gingen gegen Ende unseres Aufenthalts alle gemeinsam mit der ganzen Gruppe zu einem Lama zu einer Meditation. Was geschah, war unglaublich. Ich betrat dieses Gelände, wusste gar nicht, dass wir bereits dort waren und meine Beine und der ganze Körper fingen an zu zittern. Ich hätte fast umfallen können, weil mich meine Beine fast nicht mehr getragen haben. Ein unbändiger Heulausbruch ergriff mich, ich konnte mich einfach nicht mehr beruhigen. Während der Meditation musste ich ununterbrochen weinen. Nachher kam dieser Lama und hat durch einen Übersetzer nachgefragt, warum ich denn weinen würde. Ich erzählte dann kurz gefasst die Geschichte von meinem Bruder, und dass ich ein Gefühl habe, dass ich diese Arbeit wegen meiner Schuldgefühle gegenüber meinem Bruder nicht länger machen möchte. „Jetzt erst recht", gab der Lama zur Antwort. „Sie müssen diese Arbeit machen, das ist Ihre Aufgabe, und darum hat Ihr Bruder so lange gewartet, dass sie damit anfangen. Er wäre bereits früher gestorben, wenn sie schon früher reagiert hätten. Ihr Bruder ist jetzt auch hier anwesend. Er ist im Licht, und er hilft ihnen und wird Ihnen auch immer helfen als eine Art von Geistiger Führer! Er war rein, ein lebendiger Engel. Sein Wunsch war und ist, dass Sie diese Arbeit machen. Von wegen aufhören. Sie werden erst jetzt richtig anfangen. Sie bekommen Hilfe aus der Geistigen Welt und müssen sich keine Sorgen machen." Bei solchen Worten musste ich natürlich noch mehr weinen! Ich war sehr ergriffen. Die ganzen Schuldgefühle und Selbstvorwürfe fielen von mir ab und ich bekam eine starke Schubkraft und ein wirklich unbändiges Vertrauen. „Jawohl!" Bei mir kam Freude auf und ich spürte diese Kraft, die so stark ist und da wusste ich: Ich höre damit nicht auf!

Am Ende des Kurses fragte mich der Lehrer: „Ja, warum machst du das hier überhaupt?" „Weil ich sonst meine Arbeit nicht ausüben kann." „Für deine Arbeit, für das, was du machst, brauchst du keine Heilpraktikerausbildung. Für dich gibt es auch andere Möglichkeiten!" Als ich wieder in Deutschland war, begann ich mich tatsächlich für diese Prüfung vorzubereiten.

Die Kraft der Energien

Ich fing an zu lernen, zu pauken, hatte mir bereits alle notwendigen Lehrbücher angeschafft und war mir ganz sicher: Das wird schon klappen. Doch dann passierte etwas Merkwürdiges. Die Lehrerin, neben der ich im Kurs auf Koh Samui gesessen hatte, kam aus Norddeutschland zu Besuch. Es war Juli und ein absolut heißer Sommer. Während eines Gesprächs habe ich ihr kurz über die Schulter gestrichen. „Was hast du da gemacht? Ich kann mich überhaupt nicht mehr bewegen!", war ihre Reaktion. „Was?!", ich war ganz entgeistert. „Ja, schau mal hier meine Schulter. Ich kann sie gar nicht mehr runterziehen." „Mach keine Witze! Komm, ich gehe mit meiner Hand einfach noch einmal drüber." Diese Bewegungsunfähigkeit war dann auch genauso plötzlich wieder verschwunden. Doch nun begann sie zu husten. Sie konnte gar nicht mehr aufhören. Schnell habe ich sie noch vorne am Brustbein berührt. Sie erzählte mir nachher, dass sie als Kleinkind eine verschleppte Lungenentzündung gehabt hatte, von der auch noch eine Anfälligkeit zurückgeblieben ist. Ich hatte vorher schon bemerkt, dass sie selbst im Hochsommer immer Kragen trug. „Wegen dieser alten Geschichte muss ich etwas auf mich acht geben, auch im Sommer!" Später bekam sie Fieber und schwitzte stark. Der geplante Urlaub und das Zusammen-Lernen mussten gestrichen werden, denn sie verbrachte die ganze Zeit nur im Bett. Aber alles heilte völlig aus.

Diese Erfahrung, dass ich, ohne eine bestimmte Absicht zu haben, derartige Heilprozesse auslöste, machte ich immer wieder. Ich wagte schließlich die Leute schon nicht mehr anzufassen, bevor nicht alles völlig von Ärzten abgeklärt war. Ich schickte alle Leute, die zu mir kamen, immer zuvor noch einmal zu ärztlichen Untersuchungen. So auch bei einer Geschäftsfrau, die an Depressionen litt. Ich behandelte sie schließlich, als sie nachher aufgestanden ist, lief sie durch das Zimmer und gab ganz unbändige Freudenlaute von sich. „Um Gotteswillen, was ist jetzt passiert mit dieser Frau?", dachte ich. „Ich kann barfuss laufen!", rief sie. „Sie sind doch vorhin auch barfuss gelaufen", meinte ich kurz. „Ja, schon, aber ich konnte nie abrollen! Mein Fußgelenk war versteift und ich konnte barfuss nicht abrollen." Da haben wir natürlich gestaunt. Sie hatte einmal einen Autounfall gehabt, der schon viele Jahre zurücklag. Seither hatte sie auch Angst, Autobahn zu fahren, weil sie bei diesem Unfall auf der Autobahn von zwei Seiten eingeklemmt worden war. Nun konnte sie nach der Behandlung den Fuß wieder abrollen und auch wieder Autobahn fahren.

Eine andere Frau, die ziemlich rund, ja schon dick war, war in einem meiner Kurse. Bei der Behandlung hat sich eine Erinnerung eingestellt, als sie in einem tiefen Zustand der Entspannung war, der sie bis in die Kindheit, bis ins Babyalter, zurückführte. Plötzlich konnte sie dann berichten: „Man hat mir nichts zu essen gegeben. Ich sollte gar nicht leben! Ich sollte verhungern. Man wollte mich nicht haben!" Die Geschichte stellte sich tatsächlich als wahr heraus. Nur hatte sie alles vorher nicht richtig wahrgenommen. Man hatte ihr wirklich nicht genug zu essen gegeben, aber dann wurde sie von ihrer Schwester heimlich gefüttert. Diese Erfahrung war ganz tief in ihr drin, obwohl sie nachher von der ganzen Familie heiß geliebt wurde. Durch ihre ganze Stärke hat sie dann riesige Fortschritte gemacht und hat dann wirklich abgenommen. Bei unserer nächsten Begegnung war sie ganz stolz, denn sie trug einen Gürtel. Solche Dinge passieren. Meine Arbeit ist schon sehr abwechslungsreich.

Von einer Frau, die viele Fehlgeburten gehabt hatte, hatte es geheißen, es sei ausgeschlossen, dass sie jemals Kinder bekommen könnte, das Thema sollte sie vergessen. Damals war es noch ziemlich in der Anfangszeit meiner Arbeit. Es war ganz eigenartig. Sie kam zwar in meine Behandlung, stand meiner Arbeit an sich aber recht skeptisch gegenüber. Ich habe sie viermal behandelt und während des Handauflegens seufzte sie auf ohne Ende. Eine Zeit später bekam ich dann eine Einladung. „Die Frau sieht so verändert aus", dachte ich so bei mir. Eine Frau nahm mich an die Hand, um mir in einem Schrank Kristalle zu zeigen. Da rief die Frau, die ich behandelt hatte: „Fass' die Graziella nicht an, sonst wirst du noch schwanger!" Wir haben alle gelacht! Aber diese Frau war wirklich schwanger! Das war damals und ich habe es noch mehrmals so erfahren, dass ich oft Frauen mit Kinderwunsch helfen konnte.

Eine Frau mit Migräne und Depressionen kam in meinen Kurs. Ihre Migräne wurde noch stärker, so dass sie nach Hause gehen musste. Später kam sie dann in die Behandlung. Sie erzählte, dass sie ein Kind geboren hatte, eine Totgeburt und man hatte dieses Kind damals einfach beerdigt, ohne dass sie das Kind noch einmal hatte sehen können, ohne dass sie von ihm hatte Abschied nehmen können. Danach konnte sie nicht mehr schwanger werden. Mir fiel auf, wie dunkel sie gekleidet war und überhaupt erschien sie mir wie in Trauer. Auch mit ihrer Arbeit hatte sie Probleme, wie sie mir berichtete. Plötzlich, bei einer Behandlung, lächelte sie vor sich hin, und nachher erzählte sie: „Komisch, ich habe so etwas noch nie erlebt. Ich sah plötzlich mein Kind! Ich sah es richtig vor mir mit einem Lächeln. Wunderbar!" Sie war voller Freude. Als sie zur nächsten Behandlung kommen sollte, kam stattdessen ein Anruf: „Ich kann heute nicht kommen, ich habe solche Magenschmerzen, ich glaube, ich muss zum Arzt." „Ist nicht schlimm, kommen Sie ein anderes Mal! Dann wollen wir mal sehen." Noch am gleichen Tag rief sie wieder an: Sie war schwanger! Wunderschön! Und dann hat sie hinterher, glaube ich, noch zwei weitere Kinder bekommen. Für mich war das wieder ein Beispiel dafür, dass die Reihenfolge stimmen muss!

Erste Begegnung mit PD. Dr. med. Jakob Bösch

Mir wurde allmählich bewusst, welche großen Dinge da abliefen. Ich ahnte immer deutlicher, was bei meinen Behandlungen möglich sein konnte. Nun wurde es für mich immer zwingender, mehr über diese Energien zu erfahren. Ich suchte nach Antworten, was es mit diesen Energien, die so stark wirken, auf sich hat. So begann ich verschiedene Kurse zu besuchen.

Einer dieser Kurse sollte dazu verhelfen, Energien wahrzunehmen. Ob man zum Hören, zum Sehen, zum Ertasten, zum Riechen oder zum Schmecken tendiert. Eins stellte sich für mich dort heraus, dass mich der Gott mit allen diesen Sinnen reich beschenkt hat. So konnte sich meine Arbeit zu einer Kombination entwickeln, den Menschen mit allen Sinnen zu erfassen – wofür ich heute sehr, sehr dankbar bin!

Es war ein mehrteiliger Kurs, wovon der erste Teil in der Schweiz stattfand. Für mich war alles recht interessant. Plötzlich entstand irgendein Missverständnis unter den Teilnehmern, langsam verließ einer nach dem anderen diesen Raum und unversehens saßen nur noch ein Herr und ich da. „Können Sie mir bitte sagen, was hier eigentlich los ist?", fragte ich den Herrn. – „Ja", sagt er, „das frage ich mich auch." Er erhob sich schließlich und verließ den Raum, um sich umzuschauen. Während dieser Zeit kehrten die Teilnehmer bereits wieder nach und nach in den Raum zurück und das Seminar lief ohne Unterbrechungen weiter.

Der Fortsetzungskurs wurde dann wenige Wochen später in Deutschland veranstaltet und ich begegnete diesem Herrn erneut. Diesmal kamen wir ins Gespräch miteinander und ich erfuhr, dass es Dr. med. Jakob Bösch aus der Schweiz war, der Chef der Externen psychiatrischen Dienste Baselland. Einer Dame im Rollstuhl, die auch bereits den ersten Kursteil besucht hatte, ging es plötzlich nicht besonders gut. Sie klagte über Schmerzen. Dr. Bösch fragte mich, ob ich vielleicht helfen könnte. „Es hat sich doch hier im Seminar gezeigt, dass da bei dir mit diesen Energien einiges los ist", meinte er auf mein anfängliches Zögern. Ich begann die Schmerzen und Blockaden zu lösen und die Energie konnte wieder fließen. Der Dame wurde allmählich wieder warm und sie kam zur Ruhe. Daraufhin wurde ich gefragt, was ich sonst noch machen würde. „Ja, Reiki, aber ich bin jetzt eigentlich hier, weil ich wissen will, was ich überhaupt mache." PD Dr. med. Bösch fragte mich daraufhin, ob ich auch sein Energiefeld abtasten könnte. Ich machte mich an die Arbeit und blieb beim Knöchel hängen. „Was ist denn mit dem Knöchel passiert?", fragte ich. Aber Dr. Bösch meinte zunächst, dass er sich an nichts Besonderes erinnern könnte. Ich spürte aber, dass da irgendetwas gewesen sein musste, vielleicht eine alte Verletzung, eine Narbe oder ähnliches. Später stellte sich im Gespräch heraus, dass dieser Knöchel vor vielen Jahren während des Militärdienstes verletzt wurde und offensichtlich nie richtig ausgeheilt war. Nun begann der Heilungsprozess. Dr. Bösch erzählte mir im Laufe der nächsten Wochen, dass selbst während eines Telefongesprächs, das wir führten, oder wenn ich nur den Raum betrat, sein Knöchel zu reagieren begann. Daraufhin hat er sich schon etwas gewundert. Mittlerweile ist dieser Knöchel ganz ausgeheilt. Schon im weiteren Verlauf des Seminars fragte er, ob ich auch in die Schweiz käme.

Als ich wieder bei meiner Familie war, erreichte mich ein Anruf, aus der Schweiz mit der Nachfrage, ob ich die Möglichkeit hätte, einmal nach Bruderholz zu kommen, um dort vor Ort zu zeigen, was ich mache.

Hin- und hergerissen

Nun wurde es Ernst. Es wurde immer klarer, dass für mich diese Arbeit kein Spiel war, und da fing mein Mann an zu reagieren. Als Arzt und Ehemann hatte er kein Verständnis mehr für das, was ich machen musste. Wie sollte er das auch auf einmal verstehen. Wir hatten ja in einem funktionierenden Getriebe gelebt und nun war ich diejenige, die ausrastete. Bei mir hatte sich so viel verändert, heute weiß ich, dass ich mich verändert habe. Damals verstand ich nicht, wenn mein Mann sagte: „Du bist nicht die Frau, die ich geheiratet habe!" Ich war erbost, habe getobt! Heute weiß ich: Es war so! Ich war auch nicht mehr so, mit mir ist etwas geschehen! Diese Kraft, die schon in der Kindheit eine Rolle gespielt hatte, auf dem Schulhof oder wenn ich meinen Kindern oder sonst irgendjemanden, wenn er geweint hat, über den Kopf gestrichen habe und die Schmerzen waren urplötzlich weg, hatte mich ganz ergriffen. Damals war ich natürlich wütend, habe nicht verstehen können, wleso ich nicht verstanden wurde. Bei mir war der Drang zu dieser Arbeit so groß, dass mich nichts aufhalten konnte. Natürlich waren die Widerstände sehr schlimm für mich. Im Nachhinein verstehe ich. Ich weiß, dass man niemandem etwas aufdrängen soll! Jeder muss seinen Weg machen. Ich kann nicht verlangen, dass die anderen genau das Gleiche machen wie ich und umgekehrt. Für eine Ehe bedeutet das: Man muss sich gemeinsam miteinander abrackern, aber wenn es gar nicht mehr geht, dann ist das Zusammenbleiben eine Behinderung. Mir hat sich die Geistige Welt in ihrer ganzen Stärke gezeigt, weil es meine Berufung ist. Ich wusste damals ja nicht, was für einen Beruf ich hätte ausüben sollen oder was ich überhaupt hätte machen sollen. Ich wollte diese Ehe, die Familie, dieses Haus nie verlassen. Immer habe ich gedacht: Hier bin ich, hier bleibe ich, nie gehe ich irgendwo anders hin, hier ist mein Platz! Plötzlich waren diese Energien, war dieser Gott so stark, dass ich keine Angst hatte, eigene Wege zu gehen. Heute sage ich, wenn man im Herzen wirklich glaubt, dann weiß man und hat auch diese Kraft. Man sollte allerdings nicht etwa glauben, dass diese Wege einfach zu gehen seien. Wenn man sich entschließt zu gehen, dann fängt es erst mal so richtig an! Die Schmerzen, die Trauer, die Wut! Stück für Stück. Deshalb braucht es manchmal Jahre, bis man anfängt zu verstehen. Es ist eine Entwicklung, eine Lebensschule, die man dann durchläuft. Die Geistige Welt lässt einen dabei niemals ganz fallen, wenn man wirklich glaubt. Manchmal steht man am Rande, man sieht schon das Loch, aber richtig rein fällt man nicht, wenn man vertraut.

Schließlich bin ich wirklich weggezogen von dem Ort, wo ich so viele Jahre gewohnt habe. Ich durfte in diesem Haus nicht mehr bleiben. Mein Trost war, dass die Kinder nicht mehr zuhause wohnten. Die Angst, kein Dach über dem Kopf zu haben, war nicht länger der Gedanke, der mich hätte zurückschrecken können oder festhielt. Die Wunde war noch frisch und tief, aber in diesem Moment erlebte ich ein Wunder, einen Fingerzeig. Ich ging in ein Feld, setzte mich hin und fing an zu diesem Gott zu singen. Eine Wolke wie ein weißer Engel bildete sich direkt über mir. Ich bin sicher, es war der Engel der Versöhnung. Ich merkte plötzlich, dass sich mein Gesang reimte und dass er schön war. „Das werde ich sicherlich behalten", war meine Überzeugung, jedoch bis auf einen Satz, den ich mühsam in meiner Erinnerung bewahrte, habe ich zunächst alles andere vergessen. Dieser Satz lautete: „Ach, du meine Heimat – oder auch nicht! Ich sehe dich jetzt in vollem Licht." Ich bin gewiss nicht mit ganz leichtem Herzen gegangen nach diesen langen Jahren und es war auch kein Weggehen oder gar Wegwerfen von heute auf morgen.

Ich danke meinen beiden Kindern Tanja und Milan sowie meinem Exehemann Rainer in Liebe und von ganzem, ganzem Herzen für die gemeinsame Zeit voller Höhen und Tiefen, die wir zusammen verbringen durften. Ich danke Gott, dass es so ist wie es ist und wünsche uns allen weiterhin Liebe, Frieden und Freude in unseren Herzen.

Amen

Neuland

Bruderholz und die Knochenarbeit

Meine erste Zusammenarbeit mit Schulmedizinern und dem gesamten Personal in den Externen Psychiatrischen Diensten Baselland Bruderholz war für mich menschlich wie beruflich eine intensive Lehrzeit. PD Dr. med. Jakob Bösch, der Chef dieser Dienste, hatte mich für eine Zusammenarbeit interessiert und hatte alle bürokratischen Hürden bewältigt, damit ich als Heilerin vor Ort arbeiten konnte. Jeder kann sich vorstellen, dass der Weg, dies zu ermöglichen, gewiss kein Kinderspiel gewesen ist. Dafür danke ich ihm von ganzem Herzen. Da die Projekte auf Bruderholz natürlich einer Verschwiegenheitspflicht unterliegen, spreche ich des Weiteren ausschließlich von denen, die sich selbst bereits öffentlich in den Medien über diese Arbeit geäußert haben. In meiner Arbeit mit therapieresistenten, psychisch Kranken und Schmerzpatienten kam ich mit Menschen in Berührung, die in den Tiefen ihrer Existenz litten. Manche hatten traumatische Erlebnisse hinter sich und für mich, die ich stets offen Menschen begegne, war es bisweilen unendlich hart, das alles zu verkraften. Eine Supervision, wie sie für Therapeuten gang und gäbe ist, gab es für mich nicht. Gott sei Dank, durfte ich mir eine Vertrauensperson aus dem Team auswählen. Ich wählte den Oberarzt Dr. Jörg Wanner, dem stellvertretenden Chefarzt der EPD, einen Menschen, der mein Vertrauen würdigte und mich sehr oft auffing und wieder aufbaute – umgekehrt tat ich selbstverständlich dasselbe. Heute kann ich mit Freuden sagen, dass unser gegenseitiges Vertrauen zu einer echten Freundschaft gewachsen ist. Jörg, ich danke dir von ganzem Herzen!

So fing ich an, zu kommen und zu gehen und arbeitete auf Bruderholz quasi nach Bedarf. Die Patienten wurden gefragt, ob sie bereit wären, mit mir zusammenzuarbeiten und viele haben gesagt: „Was bleibt mir denn anderes übrig? Ich habe bereits alles versucht, was bleibt mir sonst noch übrig?"

Im Zuge dieser Arbeit sind viele Geschehnisse wieder an die Oberfläche und ins Bewusstsein gekommen, die bei den Patienten in Vergessenheit geraten waren; alte Unfälle haben sich gezeigt, deren Existenz völlig vergessen worden war.

Eine ältere Frau, zum Beispiel, meinte, bereits als sie zur Tür herein kam: „Machen Sie meinen Schwindel weg!" Wenn meine Arbeit immer so einfach wäre, so einfach machbar! Immer wieder erlebe ich solche Wünsche und Forderungen. Hier möchte ich noch einmal sagen: Geistige Heilung ist nicht machbar, sie geschieht oder geschieht nicht und sie ist ein tiefes Geheimnis. Bei dieser Arbeit passiert immer etwas, aber nicht immer das, was man im Moment gerne hätte, weil was anderes viel wichtiger ist. Die Reihenfolge ist hier wichtig, wenn man mit der Geistigen Welt zusammenarbeitet.

Diese Frau erzählte, dass sie durch diesen Schwindel nicht mehr schlafen könne wie sie möchte. Sie musste ihren Kopf immer in einer bestimmten Haltung aus richten, da ihr sonst schwindelig würde, bzw. damit sie überhaupt schlafen könne. Außer dem besagten Schwindelgefühl, verspürte sie noch einen sonderbaren Druck hinter einem Auge; ein Gefühl, als wenn ein Stück zerknäuelter Stoff hinter ihrem Auge stecken würde. Sie hatte immerzu den Wunsch, dieses Stoffknäuel wegzuziehen. Es wurde ihr empfohlen, operativ nichts zu machen, da sonst das andere Auge wohlmöglich auch in Mitleidenschaft gezogen werden könnte. Mit allem könnte sie leben, sagte sie, ihr einziger Wunsch sei nur: „Machen Sie meinen Schwindel weg!" Während der Behandlung blieb ich an einem Bein hängen, es reagierte nicht so wie das andere, es war blockiert. „Was war denn mit diesem Bein?" „Ach, das ist eine alte Geschichte, nach einem Unfall, der schon lange her ist. Dieses Bein ist so pelzig, so holzartig." Für mich hat sich das Bein als Erstes gezeigt. Dann nach der Behandlung wurde es belebt, prickelte wieder und in der folgenden Nacht blutete es sogar vorne am Schienenbein an der alten Narbe. Die Frau wunderte sich natürlich sehr darüber. In der nächsten Sitzung habe ich ihr dann im Sitzen die Hände aufgelegt und siehe da, dieser Druck hinter dem Auge war plötzlich verschwunden. Als sie dann zum dritten Mal kam, verschwand auch der Schwindel. Nach dieser letzten Behandlung war sie sehr müde. „Hören Sie, Sie sind pensioniert, gehen Sie nach Hause und schlafen Sie! Diese Behandlung wirkt noch nach! Essen und trinken Sie, worauf Sie Lust haben, es sei denn Ihr Arzt hat Ihnen irgendwas aus gesundheitlichen Gründen verboten." „Ja, ja, ja", gab sie zur Antwort und ging. Wie das so ist, hat sie sich nicht an meine Empfehlung gehalten. Kurze Zeit später rief sie an und war ziemlich aufgeregt: „Ich muss noch mal zu ihnen kommen!" Ich wusste nicht, was sie wollte. Als sie dann kam, begegnete sie mir gleich an der Türe mit den Worten: „Ich möchte mich an erster Stelle entschuldigen! Diese Arroganz! Ich komme hier herein und sage: Machen Sie meinen Schwindel weg! Alles andere ist dann so gekommen, wie wir es erlebt haben. Bei meinem letzten Besuch sagten Sie, weil ich müde war, dass ich mich zu Hause ausruhen sollte. Aber, was habe ich stattdessen gemacht? Ich ging aufs Feld, um frische Dahlien zu pflücken. Bereits auf dem Heimweg ließen die Blumen ihre Köpfe hängen. Als ich sie dann später zu Hause in die Vase stellte, musste ich erleben, dass diese ganz schnittfrischen Blumen bereits am nächsten Tag zu welken begannen und am übernächsten Tag völlig verwelkt waren." „Sehen Sie diese Energien, diese Entgiftung ging auf die Blumen über, darum sind sie kaputt gegangen!" Diese Heilgeschichte ist ein gutes Beispiel für die Reihenfolge. Man muss die Heilung ablaufen lassen, wie sie geschieht. Machen wollen, bestimmen wollen, beeinflussen wollen, all das klappt und stimmt von vorne bis hinten nicht! Früher habe ich noch gedacht: o Gott, o Gott, jetzt habe ich so viel gearbeitet, jetzt müsste doch irgendwie etwas geschehen … Aber heute sehe ich es völlig anders! Es geschieht nicht immer das, was man gerne hätte. Wenn etwas geschieht – manchmal gibt es ja wahre Wunder, von jetzt auf jetzt. Ich sage: Immer wieder geschieht ein kleines Stückchen Lourdes, aber dann geschieht ein anderes Mal zunächst sichtbar gar nichts. Heute frage ich nicht mehr warum und wieso. Ich bin ganz sicher, dass es so richtig ist, wenn man vertraut! Dein Wille geschehe!

Ein junger Mann, ein Fotograf, mit einer Erschöpfungsdepression kam durch seinen Freund, einen Pfarrer, zu mir. Reto C. war arbeitsunfähig und konnte auch seine Kinder nicht mehr richtig versorgen. Für ihn war es tatsächlich kurz vor zwölf. Er hat nichts mehr gegessen, weil er nicht mehr konnte, er war abgemagert, hat nur wenig getrunken, hat gefroren und gezittert. Man hatte wortwörtlich zu ihm gesagt: „Wir können für Sie nichts mehr tun!" So hat er quasi aufs Sterben gewartet. Als Erstes habe ich ihm dann gesagt, dass meine Arbeit keine medizinische Behandlung im herkömmlichen Sinne ist und ich ihm daher im Notfall auch keine Spritze geben könnte. Als Unterstützung zu seiner Behandlung bat ich darum, dass unbedingt und für alle Fälle ein Mediziner in Bereitschaft sein sollte. Das Gewünschte wurde arrangiert, eine Ärztin wurde benachrichtigt. Zunächst dachte ich, ich werde schnell einmal kurz Handauflegen und später weiterschauen. Der junge Mann verspürte unmittelbar ein bisschen Wärme und entspannte sich. Am nächsten Tag, am 27. Dezember, wollte ich das Ganze nur kurz wiederholen und dann erst im Neuen Jahr fortsetzen. Ich legte meine Hand kurz auf Retos Kopf und wie eine Begleitung vernahm ich den Gedanken: *„Nicht im Neuen Jahr – jetzt!"* Nach einem solchen Hinweis der Geistigen Welt, die Geistige Welt ist auch eine Gedankenwelt, musste ich die Behandlung unmittelbar fortsetzen und so war es auch richtig! Ich habe ihn vorne am Brustbein und am Rücken nur angetippt, es war wie eine Explosion! Er hat geschrien, gespuckt, gehustet, der ganze Körper war ein Schmerz. Ich dachte mir nur: „Junge, jetzt atme doch richtig durch!" Nach einer Weile gelang es ihm auch, und er konnte durchatmen und dann ging es rasant weiter. In die Angst, aus der Angst heraus, in die Kindheit und durch sämtliche Schmerzen, Höhen und Tiefen. Das Ganze verlief sehr dramatisch und ergreifend. Es war wirklich kurz vor zwölf für ihn gewesen. Noch heute sehe ich den Moment vor mir, wie es war, als er schließlich die Augen öffnete. Alle haben noch da gesessen und gewartet und er hat sich mit den Händen über das Gesicht gestrichen, gegriffen und gesagt: „Ich habe ja ein Gesicht! Ich habe ja ein Gesicht! Sagen Sie mir bitte, dass das mein Gesicht ist! Ich habe Hände! Sagen Sie mir, dass das meine Hände sind!" Er tastete Gesicht, Hände und Brust immer wieder abwechselnd ab, um sich zu vergewissern, denn er hat sich vorher schon nicht mehr gespürt. Dann hat er sich aufgesetzt und aufgerichtet, hat sich umhergeschaut und uns mit einem Lächeln wahrgenommen. Er fing mit seinen Beinen an zu baumeln. Das war ein schönes Zeichen, denn vorher waren alle Glieder so steif. Dann sagte er: „Kann ich bitte ein großes Stück Brot und eine große Tasse Kaffee haben?" Er fing an zu essen und zu trinken. Das war für mich und für alle Anwesenden ein großartiger, ein gewaltiger Augenblick, den ich niemals vergessen werde! Wir erlebten eine große Verwandlung! Reto kam in seine Kraft. In solchen Momenten sage ich: „Willkommen zu

Hause in Deinem Herzen, dort wo wir wirklich Zuhause sind!"

Das Besondere an Reto C. ist für mich, dass er wirklich ganz tief verspürt hat, dass nur er selbst sich letztendlich heilen kann. Er hat diese Erfahrung angenommen und für sich bewusst umgesetzt. Auch jetzt, wo dieses Ereignis schon einige Jahre zurückliegt, erfreue ich mich immer wieder an diesem Menschen, der klar sagt: „Heilung ist ein Prozess, die Dinge so anzunehmen, wie sie sind, eine Arbeit, die unser Leben lang andauert!" Bravo, Reto!

Viele schöne Dinge geschahen während dieses ersten Projekts.

Eine Frau, die mir der stellvertretende Chefarzt der EPD, Dr. Jörg Wanner, zur Heilbehandlung zuwies, war eine Depressionspatientin. Ich wusste nichts von der Biografie dieser Frau und fragte sie mehr intuitiv, weil es mir wie eine Eingabe kam: „Sind Sie verheiratet?" „Ja." „Haben Sie Kinder?" „Nein." „Wollen Sie keine Kinder?" „Doch, ich möchte schon, aber es geht nicht!" Diese Frau war wegen verschlossener Eileiter auch in der Universitätsfrauenklinik bei Herrn Prof. Dr. med. Christian De Geyter in Behandlung. Dort hatte man ihr zu einer künstlichen Befruchtung geraten und sie war zu diesem Zeitpunkt gerade zusammen mit ihrem Ehemann in der Abklärungsphase, ob sie diesen Schritt unternehmen sollten. Um ein Haar hätte ich gesagt, dass nach solchen Behandlungen auch manchmal Schwangerschaften eintreten können, aber dann zog ich es doch vor zu schweigen und sagte ihr: „Wir behandeln jetzt erst mal und Sie werden dann schon das Richtige für sich entscheiden."

Während des dritten Behandlungsintervalls legte ich meine Hand auf den Bauch dieser Frau und ich sah: *Meine Hand war plötzlich blau – groß und blau.* Ich habe mich sehr gewundert und dann kam wirklich wie eine Botschaft: *„Sie wird schwanger!"* Nach der Sitzung ging ich zu PD Dr. med. Bösch und habe ihm meine Annahme, dass diese Frau schwanger werden würde, mitgeteilt. Es hat dann tatsächlich gar nicht mehr lange gedauert und sie wurde wirklich schwanger. Sie bekam ein wunderschönes Mädchen und später ganz ohne jede Behandlung ein zweites Kind.

White Eagle

Später nach dem Erlebnis mit der blauen Hand, erinnerte ich mich an eine andere Vision, die ich bei einem Besuch in Maria Stein hatte. Der Wallfahrtsort Maria Stein in der Nähe von Basel und besonders die Marien-Grotte ist für mich wie meine persönliche Supervision. Hierher zu kommen zu einem Gebet, zu einem inneren Gespräch ist meine Heilung. Einmal, als ich dort zum Beten war, eröffnete sich eine Vision: *Zunächst erschien mir ein Himmel, Wolken und dann tauchte eine riesige große blaue Hand vor mir auf. Ich habe mich fast erschocken. Es war eine ganz große blaue Hand. Und dann erschien die Muttergottes in voller Größe und es hat geheißen: „Das ist meine Hand, die Muttergotteshand!".*

Ein drittes Mal entfaltete sich eine Indianer-Vision als ich eine Entspannungsmeditation machte. *Ich fühlte mich plötzlich wie ein alter Indianer. Ich wagte gar nicht meinen Körper zu berühren. Das Gefühl war so ergreifend, dass ich anfangen musste zu weinen. Da zeigte sich ein goldenes Dreieck mit einem Auge in der Mitte, das sich richtig lebendig bewegte, und es hieß: „Weine du nur, weine, das sind auch meine Tränen!" Da musste ich noch mehr weinen. Auf einmal hörte ich: „White Eagle".* Ich konnte mit dem Namen zunächst nichts anzufangen. *Plötzlich erschien seitlich mein Bruder als weißer Engel mit seinem menschlichen Gesicht, der lächelte, wie ich ihn ja bereits einige Male wahrgenommen hatte. Er hatte eine goldene Kugel in den Händen, kam allmählich auf mich zu und legte mir diese Kugel auf die Brust. „Hier Schwester, aus deinem Herzen kommt die Kraft. Mit dieser Kraft, kannst du vielen, vielen Menschen, die sich verloren haben, egal aus welchem Grund auch immer sich verloren haben, dazu verhelfen, sich in ihrem Herzen wieder zu verspüren, wieder den Gott in sich wahrzunehmen."* In diesem Moment musste ich noch mehr weinen. *Als ich meine Augen wieder öffnete, war der ganze Raum blau, einfach blau.*

Da ich immer sehr offen über meine Träume und Visionen mit vertrauten Menschen rede, erzählte ich auf Bruderholz am nächsten Tag davon. Dr. Bösch meinte: „White Eagle, das weißt du doch sicher, dieser Indianer hat wirklich gelebt! Er war ein Heiler! Bei London gibt es dieses Haus, eine Logde." Ich hatte keine Ahnung davon. Am nächsten Tag brachte mir Dr. Bösch Bücher von White Eagle, und andere Personen gaben mir später noch weitere Bücher. Zu meinem

Erstaunen fand ich in diesen Büchern viele Gedanken und Worte, die mir mein Bruder immer wieder mitgeteilt hatte. Ich kannte bereits alles. Mir wurde schlagartig bewusst, dass White Eagle zu meinen Geistigen Führern gehört. Ich sah Abbildungen vom Londoner-Logen-Raum und entdeckte auch dort Bekanntes. Ich hatte nur noch einen Wunsch: „Da muss ich hin!" „Graziella, ich will auch dorthin", meinte Jakob Bösch.

So flogen wir gemeinsam nach London. Das Logen-Gelände ist auf einem riesigen Areal in der Nähe von London. Ein herrschaftliches Anwesen. Vom ersten Moment an war ich sehr verblüfft, ich hatte das Gefühl klein und kleiner zu werden, ich dachte, ich zerfließe noch in diesem Boden. Alles habe ich genauso bis ins Detail vorgefunden, wie ich es in meinen Visionen gesehen hatte und wie ich es auch auf Bruderholz geschildert hatte. Der Raum war geteilt. Hinten konnten sich die Leute hinsetzen. Die Decke der Kuppel war ein dunkelblauer Himmel mit nur einem Stern in der Mitte. Vorne waren das Podest mit dem Treppchen und die beleuchtete Perlmutt-Wand. Es hat geheißen, dass man sich vorstellen soll, dass von dort aus diese Christuskraft für die Heilung ausgeht. Ich war sprachlos. „Graziella schau!" In dem Moment entdeckte ich die Rose. Sie stand auf einem Tischchen, wie ich das bereits gesehen hatte. Für mich ist dieser goldene Stern sehr wichtig. Man kann sich vorstellen, dass er sich ausbreitet wie eine goldene Kugel im Raum. Gold ist die Farbe, die eine Umwandlung, eine Umkehrung auf die höchste Stufe ermöglicht. Was gab es da noch für mich zu zweifeln! Für mich war und ist klar, wenn Visionen sich bestätigen, dann kommen sie von Gott. Man muss sie umsetzen, das bringt einen auf seinem Lebensweg weiter. Manche wünschen sich Visionen. So kann es passieren, dass sie sie mit ihren Wünschen und Vorstellungen einfach nur fühlen, wenn sie aber nicht von Gott kommen, erfüllen sie sich nicht. Echte Visionen, die von Gott kommen, beweisen sich im Leben. Man muss sie umsetzen. Daraufhin habe ich zum ersten Mal beschlossen: Ich muss mit Gruppen arbeiten! Die Erscheinung meines Bruders mit dieser goldenen Kugel, all das drängte mich in diese Richtung. Aber, trotz alledem habe ich die Gruppenarbeit nicht gleich umgesetzt. Ich hatte noch andere Dinge zu tun, die Arbeit auf Bruderholz, und ich wusste zu dieser Zeit auch noch nicht so recht, wie ich diese Gruppenarbeit anfangen sollte.

Bei Sufis

Durch eine befreundete Krankenschwester kam ich mit einer Sufi-Gruppe aus Arizona/Amerika in Kontakt, als die in Deutschland zu Besuch waren. Vom ersten Augenblick an habe ich mich bei den Sufis wohl gefühlt.

Eine Frau aus dieser Gruppe schaute mich bei einer Veranstaltung unentwegt an. Sie war, bevor sie zu den Sufis ging, eine erfolgreiche Managerin gewesen. Nun arbeitete sie in der Sufi-Gemeinschaft ebenfalls im Finanzbereich. Die Sufis singen sehr viele Mantras, um die Herzen zu öffnen. Diese Ex-Managerin konnte nicht singen, war blockiert. Sie bat mich, ob ich sie einmal untersuchen könnte, allerdings musste sie sich zuerst die Erlaubnis von ihrem Meister einholen, da ihre Gemeinschaft sehr geregelt ist. Der Meister stimmte zu. Diese Managerin hatte, wie es mir erschien, richtig auf diesen Ausbruch gewartet. Am nächsten Tag sah sie sehr verändert aus. Sie konnte atmen, sie konnte singen, und alle haben sich sehr gefreut. Der Lehrer meinte: „Graziella, wir sehen uns nicht das letzte Mal!"

Im Herbst wurde ich von ihnen nach Amerika eingeladen und kam genau am Geburtstag des Lehrers, zu einer großen Feier, dort an. Aus ganz Amerika und aller Welt waren Freunde und Anhänger zu diesem Fest angereist und mir hat es dort großartig gefallen.

In den nächsten Tagen konnte ich dann beobachten, was dort los ist. Es war interessant für mich. Morgens um fünf sang eine Frau kurz, alle standen schnell auf, einmal wurde sich kurz mit dem Waschlappen durchs Gesicht gefahren und dann ging es raus zum gemeinsamen Beten und Singen. Anschließend gingen sie wieder ins Bett. Das habe ich drei Tage mitgemacht und am vierten Tag bin ich nicht gegangen. Man glaubte, ich hätte verschlafen, klopfte dann an meine Türe: „Nein, nein, ich habe nicht verschlafen. Ich komme heute nicht." „Graziella, du bist frei wie der Wind! Du kannst gehen und kommen, wie du willst, das ist alles in Ordnung", erwiderte der Lehrer, nachdem ich ihm später erklärte, dass eine tägliche Morgenübung nicht nach meinem Geschmack wäre. So ging ich manchmal hin, wenn mir danach war, und ein anderes Mal wieder nicht.

Es heißt ja immer, dass man gerade der Arbeit und den Dingen, die man nicht mag, wieder begegnet, sich erneut stellen muss. Ich musste nicht arbeiten, weil ich eingeladen war, aber es gefiel mir nicht, nur einfach herumzusitzen, während die anderen gearbeitet haben. Alle meldeten sich freiwillig zu verschiedenen Arbeiten, etwa zur Küchenarbeit. Noch nie in meinem Leben habe ich eine so wunderbare Küche erlebt. Die Einrichtung, die Arbeitsweise, die Produkte, die verarbeitet wurden, alles war erste Klasse. Es wurde fortwährend mit einer Liebe und Hingabe Gemüse geputzt, geschnitten, gekocht, dass es eine Freude war. Dreimal in der Woche gab es herrlich mit Rosen geschmückte Festtafeln. Dann habe ich mich freiwillig zur Arbeit gemeldet und was passierte? (Ich habe früher immer gesagt: „Ich will nie wieder in der Landwirtschaft arbeiten.") Bei den Sufis stieg ich dann morgens mit allen anderen auf den Lastwagen und ab ging es weit raus auf eine Farm zum Pfirsichpflücken. Später wurden die Früchte dann eingekocht. Die Arbeit hat mir Spaß gemacht. So habe ich diese Abneigung verloren. Genauso erging es mir mit der Küchenarbeit.

Bei einem Gespräch mit dem Lehrer meinte er zu mir: „Graziella, du bist ein Vulkan, aber auch ein Vulkan kann verlöschen, so wie du arbeitest. Du willst es doch im Winter noch warm haben, nicht wahr!" Ich war so müde, die Arbeit auf Bruderholz in der ersten Studie war so schwer und ich weiß, dass ich über meine Kräfte hinausgegangen bin. „Ich weiß das, aber ich weiß nicht, wie und was ich jetzt machen soll." „Schau mal, Graziella, wenn du noch hier bleibst, wirst du es schon hier erfahren. Wenn du aber zurückfliegst, weil du gesagt hast, dass du bald nach Europa zurückreisen musst, dann wirst du es in Kürze dort erfahren. Stell dir einmal vor Graziella, es gibt große Räume, wohin viele Leute kommen – und den Rest kannst du dir selber denken!" Dieser Lehrer hat auch immer wieder Geschichten erzählt, und ich habe ihm gesagt: „Genau das habe ich von meinem Bruder immer wieder gehört!" Wenn ich ihm dann etwas erzählte, meinte er: „Graziella, das habe ich bereits von meinem Lehrer gehört!"

Interessant waren für mich meine Träume, die ich dort in Arizona hatte. Später bei einem Spaziergang entdeckte ich vor einem Buchladen unter Sonderangeboten ein Buch mit Jesus-Gemälden von verschiedenen Meistern, das mir sehr gefiel. Ich blätterte darin und war sehr erstaunt, weil ich ein Bild entdeckte, das genau eine Szene aus einem meiner Träume entsprach: ein Hügel auf dem Personen stehen und unterhalb auf weiten Wiesen sind noch viel mehr Menschen versammelt. Die Bildunterschrift konnte ich nicht lesen, da ich kein Englisch spreche. Das Buch habe ich gekauft und mir dann später erzählen lassen, was es bedeutet. Es war eine Darstellung der Bergpredigt.

„Graziella, wenn man tagsüber nicht genügend Zeit für sich nehmen kann, dann sollte man nachts auf seine Träume achten, denn der Gott lehrt einen mit den Träumen!", hat mir der Sufi-Lehrer nahe gelegt und seitdem habe ich noch mehr auf meine Träume geachtet.

Zeichen aus der Geistigen Welt

Meine erste Arbeit auf Bruderholz mit therapieresistenten, psychisch Kranken und Schmerzpatienten wurde nur kurze Zeit nach meiner Rückkehr aus Amerika beendet. In diesem Moment war es genau das Richtige, was ich für mich brauchte.

In einer wissenschaftlichen Arbeit zog eine junge Züricher Psychologin ein Resümee dieses ersten Forschungsprojekts. Sie kommt da zu zwei Resultaten, denen ich voll und ganz zustimme. Sie schreibt: „Aus welchen Gründen die Patienten geheilt wurden, kann nach wie vor nicht gesagt werden." Weiter schreibt sie: „Wenn man bedenkt, dass Geistheilung praktisch so alt ist wie die Menschheit und zudem über viele Jahrtausende hinweg ein bewährter Bestandteil der Medizin war, erstaunt es nicht, dass der Ruf nach dieser Form der Behandlung wieder stärker wird."

Gott sei Dank, sind die Menschen sehr unterschiedlich und so unterschiedlich fällt auch diese Arbeit aus. Bei der Behandlung sind es die Patienten, die den Weg zeigen und ich gehe ihn mit ihnen mit. Man darf niemals jemandem etwas aufzwingen. Das ist bei dieser Arbeit für mich sehr wichtig.

Es gab Zeiten, da wollte ich meine Arbeit auf Bruderholz aufgeben, denn es war hart und zehrte an mir. Als es einmal besonders schlimm, war und ich wieder diesen Gedanken hatte, da zeigte sich wieder die Geistige

Welt. Es hatte nicht geregnet. Ich hielt mich im Freien auf. Plötzlich, wie aus heiterem Himmel, erschien ein Regenbogen über dem Gebäude auf Bruderholz, wo ich arbeite. Es war aber nicht nur ein Regenbogen, wie man ihn üblicherweise kennt. Nein, dieser Regenbogen war richtig rund wie ein Reif und schwebte über diesem Haus. Ich war tief ergriffen und wusste: „Hier bleibe ich. Ich muss diese Arbeit fortsetzen! Hier ist zurzeit mein Platz!" Träume riefen mich auch immer wieder dazu auf, nicht aufzugeben. So träumte ich: *Mein Bruder war krank, er konnte weder reden, noch essen, noch gehen. Er rief verzweifelt nach mir, aber ich fand ihn nicht.* Oder ein anderes Mal: *Sah ich, wie er wegging und ich rief ihm hinterher: „Warte, warte, warte auf mich!" Aber er ging immer weiter bis ins Meer hinein, wo er dann verschwand!* Solche Träume forderten mich auf mit dieser Arbeit nie aufzuhören, und so machte ich weiter.

Mein Bruder hilft mir auch bei meiner Arbeit, da bin ich ganz sicher und viele andere Menschen nehmen ihn wahr und beschreiben ihn, ohne von ihm, von seinem Aussehen überhaupt Kenntnis zu haben. Manche Menschen spüren verschiedene Hände, etwa, dass noch jemand außer mir die Hand hält oder die Schultern oder eben dort, wo gerade eine Heilung benötigt wird. So kann es aussehen, wenn man sich und diesem Gott in uns vertraut und sich von der Geistigen Welt helfen lässt.

Die Auszeit

Nach dem Ende des ersten Forschungsprojektes und meiner Rückkehr nach Deutschland brauchte ich nur noch eins: ERHOLUNG. Ich entschloss mich, Nägel mit Köpfen zu machen und reiste zu einer Ayurveda - Kur nach Sri Lanka.

Am Flughafen hielt ich nach den übrigen Mitreisenden Ausschau und entdeckte eine junge Frau im Rollstuhl, neben der ich dann auch im Flugzeug saß. Ich erzählte ihr nichts von meiner Arbeit. Alles lief gut, alles lief bestens, und die Kur tat mir wirklich gut. Dann kam eine Vollmondnacht. Der Mond war groß, rund und richtig zum Greifen nahe. Es waren Festtage auf Sri Lanka und wir vernahmen Tag und Nacht Gebete und Gesänge. Einige andere Gäste aus dem Kurhotel nahmen an diesen Zeremonien teil. Mit sieben oder acht Leuten blieben wir oben zurück. Diese junge Frau im Rollstuhl war auch dabei. Sie erzählte mir, dass sie schon am Flughafen gespürt habe, was ich mache. Bereits seit zehn Jahren war sie im Rollstuhl. Wir unterhielten uns lange. Da sagte eine Frau: „Heute ist ja Vollmond, können wir da nicht meine Warzen besprechen?" Sie setzten sich in einem Halbkreis hin. Wir sprachen zusammen ein kurzes Gebet, danach legte ich die Hand auf. Spontan fragte ich die Rollstuhlfahrerin. „Was ist deine größte Angst?" „Gefesselt zu sein. Immer an den Rollstuhl gebunden zu sein. Unselbstständig und auf die Hilfe anderer angewiesen zu sein." Plötzlich sagte sie. „Ich glaube, ich habe die Angst gar nicht mehr, und ich kann gehen!"

„Ja, dann steh doch auf und gehe!", meinte ich und sie stand aus dem Rollstuhl auf und ging.

Unser Kurhotel war eine alte englische Villa mit einer steilen Treppe. Die junge Frau ging sogar diese Treppe hoch. Man kann sich ja vorstellen, wie stark am nächsten Tag der Muskelkater war.

Am nächsten Morgen meinte dann eine Frau: „Habt ihr schon gesehen? Sie läuft, sie braucht ihren Rollstuhl nicht mehr!" Da meinte die andere Frau: „Wen wundert das, meine Warzen sind auch weg!" Die Frau aus dem Rollstuhl blieb dann noch länger auf Sri Lanka zu einer Nachbehandlung bei Massagen, Physiotherapie usw. Später habe ich dann erfahren, dass sie wieder Auto fahren kann, ja, dass sie sogar Reitunterricht genommen hat.

Als ich noch gar nicht wusste, was ich machen soll und wohin mein Weg führt, erhielt ich ein sehr lukratives Angebot und das ausgerechnet in dieser sehr schweren Situation! Durch dieses Angebot hätte ich keine Existenzprobleme mehr gehabt, aber ich spürte sofort, dass das nicht meine Aufgabe war. Ich nenne das die Prüfung aus der Geistigen Welt!

Ich hatte ein ganzes Jahr Zeit für mich; wofür ich sehr, sehr dankbar bin. In diese Zeit fiel auch meine Scheidung und ich musste viel regeln, was Zeit, Nerven und Kraft kostete. Ohne jeden Zweifel war und bin ich mir ganz sicher, dass die Arbeit, die ich verrichte, wirklich meine Aufgabe war und ist und bleibt. Das ist meine Berufung. Immerhin war ich fast 60 Jahre alt und in diesem Alter noch einmal neu, ganz von vorne anzu fangen, war nur mit vollem Vertrauen in diesen Gott, in diese allumfassende Kraft möglich.

Plötzlich kam der Moment, wo ich feststellen musste, dass ich diese Wohnung in Deutschland nicht länger unterhalten konnte. Ich fühlte mich gezwungen, sie aufzugeben. Das war ein Gefühl von Heimatlosigkeit. Trotzdem vertraute ich und entschloss mich, diesen Schritt zu tun.

Später am Abend vor dem Einschlafen war ich richtig traurig und musste weinen, aber in diesem Moment habe ich angefangen zu diesem Gott zu singen, nicht zu sprechen, sondern zu singen. Als ich meine Tränen abwischen wollte, merkte ich, dass ich vor lauter Schmerzen gar nicht meine Hand heben konnte, mein ganzer Körper schmerzte. Mein Gebet hat sich gereimt und war wunderschön. „Das werde ich sicherlich nicht vergessen!", dachte ich. Am nächsten Tag war alles weg: die Schmerzen, aber leider auch mein Lied. Am folgenden Abend begann ich wieder zu diesem Gott zu singen, merkte mir das Lied und schrieb den Text auf. So ist dieses Gebet entstanden:

Offenbarung
(29. Juli 2001)

O Gott, o Gott, ich klopf bei Dir an und Du erwartest mich schon.
O Gott, o Gott, ich klopf bei Dir an und Du erwartest mich schon.

Komm rein, mein Kind, komm rein, mein Kind.
Es wird schon höchste Zeit.
Nun setz Dich hin und erzähl mir heut,
vergiss mal die anderen Leut.

O Gott, o Gott, es ist so schwer, noch immer stellt sich
was quer.
O Gott, o Gott, es ist so schwer, noch immer stellt sich
was quer.

Nun ja, mein Kind, Du betest mich an: „Zeig
mir bitte den Weg!"
Das ist Dein Weg – oft voller Schmerzen –
nur so verstehst Du andere Herzen.

O Gott, o Gott, ich hab Dich gesehen. Du bist so
schön, du bist so gut
O Gott, o Gott, ich liebe Dich so und bin jetzt voller
Mut.

Mein Kind, mein Kind, ich bin so froh!
Dein Zweifel ist jetzt weg.
Ach, vertraue mir, vertraue nur mir
und Du bist nie wieder allein.

O Gott, o Gott, der Weg ist so hart. Es hat mich so
müde gemacht.
O Gott, o Gott, ich spür Dich jetzt so und weiß, Du
bist die Kraft.

Nimm es an, mein Kind, nimm es an, mein Kind.
Du hast es Dir verdient.
Und bleib bei mir, und bleib bei mir.
So bin ich gut zu Dir.

O Gott, o Gott, ich liebe Dich. Du bist mein Atem, bist
mein Licht.
O Gott, o Gott, bleib bitte bei mir und ich gehe ewig
mit Dir.

Schon gut, mein Kind, schon gut, mein Kind.
Ich werde jetzt nicht mehr so laut,
denn Du hörst mich jetzt, denn Du hörst mich
jetzt bereits beim leisesten Wind.

O Gott, o Gott, ich danke Dir. wir sind jetzt wirklich
eins.
O Gott, o Gott, ich danke Dir. wir sind jetzt wirklich
eins.

Jetzt geh, mein Kind, jetzt geh, mein Kind.
Wir sind der leise Wind.
Huuuh, huuuh, huuuh.

Die Studie der Frauen

Mit der Hilfe von lieben Menschen, die als Sponsoren
mehr als ein gutes Werk taten, kam dann wirklich das
zweite Forschungsprojekt auf Bruderholz zustande. Die
Schwangerschaft der ungewollt kinderlosen Frau aus

der ersten Studie war sicher der Ideenstifter für diese Studie über ungewollt kinderlose Frauen an der EPD. Die Anwendung von geistig-energetischem Heilen in Zusammenhang mit der Schulmedizin war für mich eine große Herausforderung.

Wenn die Aufgabe gewesen wäre: ruck, zuck, jetzt sollen da ganz viele Kinder kommen, dann wäre es sicherlich nicht meine Arbeit gewesen. Ich glaube, ich hätte die Arbeit nicht angenommen.

Viele Menschen haben sich verloren, wenn einmal ein tief greifendes Ereignis vorgefallen ist. Es gibt viele Möglichkeiten, Gründe, die verhindern, dass eine Frau schwanger werden kann. Ich bin heute der Meinung, dass fast jede Frau schwanger werden will. Vielleicht möchte sie gar kein Kind und weiß ganz tief in ihrem Innern nicht einmal, dass sie kein Kind will. So kann es vielleicht passieren, dass diese Frau rund um die Welt läuft und scheinbar um jeden Preis ein Kind will. Koste es, was es wolle, egal, wie es aussieht, ein Kind muss her. Dann, nach der zweiten Behandlung sagt sie plötzlich: „Moment mal, ich will ja gar nicht schwanger werden. Also, später vielleicht schon, aber jetzt zu diesem Zeitpunkt doch gar nicht!" Das ist ein Erfolg. Es ist meine Arbeit, den Menschen zu verhelfen, sich zu verspüren, zur eigenen Kraft zu kommen. In der eigener Kraft entscheiden zu können, wann ein Kind kommen soll und ob überhaupt. Der ganze Mensch ist wichtig: Körper, Geist und Seele. Um schwanger zu werden, müssen nicht nur die Hormone richtig funktionieren, sondern auch die Psyche der Frau muss für eine Schwangerschaft stark genug sein. Wenn man sich da auf den ersten Blick fragte: „Komisch, es ist bei uns alles in Ordnung, aber Kinder kommen nicht, obwohl alles stimmt." Wenn ich dann mit den Frauen angefangen habe zu arbeiten, wurde immer klarer, was nicht stimmte. Das hieß dann für die Frauen, dass die Arbeit, mit sich ins Reine zu kommen, erst am Anfang war. Ob dann Kinder wirklich kommen – wann oder ob auch gar nicht – das ist nicht meine Aufgabe, da kann ich nicht mitmischen. Es ist für mich immer wieder schön zu sehen, wie vieles in Ordnung kommt. Es ist wunderbar zu erleben, wie diese Frauen vor mir stehen, wenn sie sich gefunden haben. Wenn eine Frau dann klar sagen kann: Ein Kind zu haben, das ist wunderschön, aber nicht um jeden Preis. Ich kann auch ohne Kind glücklich leben. Wir kommen auf die Welt, um zu leben, und nicht nur um Kinder zu kriegen. An erster Stelle in dieser Behandlung erfahren die Frauen, dass das Leben lebenswert ist und dass alles andere hinterher kommt. Das ist für mich sehr wichtig und deswegen lohnt sich diese Arbeit!

Ich denke, wir werden auch alle mit einem Schutz geboren und manchmal kommt es nicht zur Schwangerschaft, weil sonst die Mutter geschädigt würde. Die Kinder kommen schon, wenn die Mütter bereit sind, oder sie kommen eben nicht, wenn es nicht so ist. Wir können nicht über alles bestimmen und wir werden nie alles wissen und wir sollen uns nicht in alles einmischen. Man muss immer dem Menschen helfen, der gerade da ist. Ich bete immer für die Menschen in diesem Moment und dann muss ich mir keine Sorgen machen. Wenn ich bete, mich mit der Kraft verbinde, dann weiß ich, dass das Richtige für diesen Menschen in diesem Moment geschieht. Nicht mehr, aber auch nicht weniger!

Versöhnung

So Vieles wird zu einem Schlagwort wie „Versöhnung" oder „Loslassen" zum Beispiel. Wie oft hört man: „Sie müssen loslassen! Loslassen ist alles! Was, Sie haben noch nicht losgelassen?! Hat sie wirklich noch nicht losgelassen?" Wenn ich das alles schon höre! Ich glaube, es geht los! Da steht ein Mensch vor einem und ist total am Ende, weil alle meinen, er müsste nur loslassen und dann wäre schon alles in Ordnung! Ich frage dann: „Was wollen Sie denn loslassen, wo Sie im Moment gar nicht wissen, was los ist!" – Zuerst mal in die eigene Kraft kommen, wieder einmal staunen und sich wundern wie die Kinder, dann erkennen. Obwohl wir erkannt haben, ist noch lange nicht gesagt, dass wir jetzt loslassen können! Wenn das so einfach wäre, dann wäre auf dieser Welt wirklich nichts los, dann bräuchten wir uns auch nicht zu versöhnen! Wir entwickeln uns erst durch die verschiedensten Emotionen, die wir erst mal erleben und leben können, um uns kennen zu lernen. Dadurch kann schon allerhand los sein und entstehen. So können wir später unterscheiden: Was gehört zu mir, was gehört zu dir!

Oft meinen die Menschen, sie müssten alles auf einmal erledigen und bewältigen. Aber, es ist in allem immer ein Werden! Aus eigener Erfahrung weiß ich und kann sie nur bestärken, dass der kleine Schritt, der kleine Schritt, der erkannt und bewältigt wird, ein sehr großer Schritt ist! Wenn wir einen kleinen Schritt erkennen, haben wir einen großen Schritt gemacht!

Dass meine Arbeit nicht nur die Heilung dieses einen Menschen fördert, den ich gerade behandle, sondern noch weitere menschliche Dimension erfasst, ist mir zum ersten Mal an einem erwachsenen Geschwisterpaar bewusst geworden. Ich hatte die Schwester behandelt, die seit Jahren mit ihrem Bruder zerstritten war. Es war eine intensive Behandlung, die Frau ging mit allen Schmerzen durch Höhen und Tiefen und hat sich wirklich in ihrem Herzen gefunden. Nachdem sie völlig verwandelt in der Ruhe war, hatte sie nur einen Wunsch, Ihren Bruder zu umarmen und sich mit ihm zu versöhnen. Es erscheint mir so, dass diese Energien, die so stark sind, sich bis in die kranken Beziehungen auswirken und die menschlichen Verbindungen gesunden lassen.

Bei dem zweiten Forschungsprojekt erlebte ich, dass mir eine Frau sagte, sie habe das Gefühl, als wenn sie die Altlasten für ihre gesamte Familie bei ihrer Behandlung aufarbeiten würde: die Scheidung der Eltern, die ganze Familiengeschichte, jede einzelne Zerstrittenheit. Als wenn sie alle diese Informationen in ihrem Körper gespeichert habe und diese nun bearbeiten würde. Sie ist dann tatsächlich zu ihrem Vater gereist, mit dem sie seit Jahren keinen Kontakt mehr hatte und der ins Ausland verzogen war. Sie hat ihn dort besucht und sich mit ihm versöhnt.

Eine andere Frau erzählte mir während einer Behandlung von der Familie ihres Mannes, der seit ihrer Heirat keinen Kontakt mehr zu seiner Familie gehabt habe, immerhin schon seit 18 ½ Jahren. Drei Tage nach dieser Behandlung erhielt der Mann einen Anruf, dass er sofort zu seinem Vater kommen sollte. Zunächst hat er sich etwas geziert, weil er es als Druck empfand, „sofort" hingehen zu müssen, und noch dazu nach einer solch langen Zeitspanne. Schließlich hat er dem Wunsch doch nachgegeben und es kam zu einer großen Versöhnung. Die Männer, Vater und Sohn, haben sich in den Armen gelegen und geweint. Einen Monat später hat dann die ganze Familie zusammen Weihnachten gefeiert. Das nenne ich eine echte Versöhnung!

Ostern in Kenia

Über Ostern unternahm ich ohne große Vorplanung, fast aus heiterem Himmel eine Kenia-Reise. Ich wollte gerne ans Meer und Kenia als Reiseziel war ein spontaner Entschluss. Ich war sehr müde und habe dort fast nur geschlafen, bin nur selten baden gegangen.

An einem Tag lag ich am Pool, in den ein kleiner Wasserfall plätscherte. Ich lag im Schatten unter Bäumen und schlief. Plötzlich sprach mich eine deutsche ältere Frau an: „Entschuldigen Sie bitte, ich muss sie immer so anschauen, aber, ich weiß nicht, warum." „Ach, das macht überhaupt nichts. Ich bin sowieso müde und schlafe." Nach einer Weile ist sie dann aufgestanden und ich habe gesehen, dass sie humpelte. Im Halbschlaf fragte ich sie: „Was haben Sie denn da?" „Ach, mein Knöchel, wissen Sie vor vielen Jahren hatte ich einen Unfall und danach ist es nie wieder wirklich gut geworden. Jetzt ist er geschwollen und ich habe Schmerzen. Ohne Krücke kann ich nicht viel laufen und ich habe von dieser Krücke auch noch ein Überbein an der Hand bekommen. Das ist überhaupt nicht schön. Aber, da kann man wohl nichts mehr machen!" Ich habe nichts von mir erzählt und sagte nur: „Zeigen Sie mir doch mal ihren Knöchel." Die Frau streckte den Fuß zu mir herüber und ich habe ihn mir kurz angeschaut und berührt. Sie verspürte, wie sie sagte einen Schmerz, der zunächst bis zur Hüfte hinaufzog und dann wieder verschwand. „Ich sehe Farben – vor allem blau …", meinte sie erstaunt. Ohne nachzudenken sagte ich: „Jetzt bewegen sie doch mal ihren Knöchel!" und sie bewegt ihn, als ob nichts gewesen wäre, stand auf und lief herum. Am nächsten Tag nahm auch das Überbein zusehends ab. „Hören Sie mal", sprach sie mich am nächsten Tag wieder an, „ich bin doch eine ganz normale Frau, oder?" „Ich denke schon", habe ich etwas schmunzelnd geantwortet. „Ich muss mit Ihnen mal sprechen. Gestern, als Sie meinen Knöchel behandelt haben, da kam plötzlich von oben eine strahlend goldene Kugel. Die schwebte hier zwischen uns. Ich dachte zunächst, das sei die Sonne, aber das war es nicht, denn die Sonne stand genau auf der anderen Seite. Gestern in dem Moment konnte ich noch nichts sagen. Später saßen wir wieder ein Stück auseinander und sprachen miteinander. Da tauchte diese goldene Kugel wieder auf und schwebte zwischen uns. Nach einer Weile verschwand sie wieder." Mir stellten sich plötzlich alle Haare zu Berge. Die Kämme, die ich in den Haaren trug, lockerten sich und fielen sogar heraus. Dann habe ich der Frau von meinem Bruder und der goldenen Kugel, die er mir in der Vision überreicht hatte, erzählt. Für mich wurde in diesem Moment ganz klar, dass, wenn wir die Hilfe aus der Geistigen Welt bekommen und an dem Entschluss noch zweifeln, dann zeigt sich die Geistige Welt so stark, dass sie unbeteiligte Menschen sehen lässt, wie stark diese Kräfte sind. Diese Begebenheit war ausschlaggebend, dass ich gesagt habe: Jetzt werde ich es tun, jetzt werde ich mit Gruppen arbeiten.

Diese Reise war für mich voller Gotteserfahrungen. Zum ersten Mal in meinem Leben habe ich dort den Wind wirklich verspürt, erfahren. Viel laufen war überhaupt noch nie so meine Stärke. In Kenia jedoch bin ich am Meer entlang gelaufen mit einer wahren Leidenschaft. Der Wind kam, ging völlig durch mich, durch meinen Körper, durch jede meiner Zellen hindurch. Ich wurde gänzlich erfasst und fühlte mich selbst wie der Wind. Ich war eins mit diesem Wind, ich war der Wind! Laut hätte ich aufschreien können vor Glück und Freude. Es war ein Erlebnis, ich habe den Wind wirklich erlebt, gelebt.

Noch weitere Gotteserfahrungen durfte ich in Kenia machen. Es war in einer Nacht. Wenn ich schon einmal in der Nacht wach werde, weiß ich, dass ich lauschen muss – und nicht versuchen darf, schnell wieder einzuschlafen. Lauschen, einfach lauschen, was da kommt. Es war so gegen vier Uhr und ich habe gewartet. Mit dem Schlaf war es vorbei. Sobald es ein bisschen hell wurde, ging ich runter an den Strand. Dort war nur der Wächter. Ich ging ein bisschen ins Wasser und plötzlich aus heiterem Himmel, zog eine blaue, breite Straße über das Firmament. „Was ist denn das?", rief ich verwundert dem Wächter zu. „Ein Regenbogen", kam da als Antwort zurück. „Aber, ein Regenbogen ist doch bunt!" Genau in diesem Moment als ich die Worte aussprach, vereinigte sich das Farbspektrum von beiden Seiten kommend zu einem großen Regenbogen. Es war ein unglaubliches Schauspiel, das dort vor meinen Augen stattfand. Natürlich bin ich am nächsten Morgen wieder in aller Frühe ans Meer gegangen und habe gewartet. „Wo bleibt denn heute der Regenbogen?" „Heute kommt da keiner", meinte der Wächter. Aber, dann ereignete sich etwas ganz anderes, was ich bereits vorher einmal in einen Traum erlebt hatte. *Im Traum war ich auf einen Berg hochgestiegen. Der Weg war noch etwas aufgeweicht und rutschig vom Regen. Menschen, die am Wegesrand standen, sagten: „Gehen Sie dort nicht hinauf, es ist zu gefährlich und beschwerlich zu gehen!" „Wissen Sie was, es wird schon gehen. Ich werde es schon schaffen!" Als ich schließlich oben ankam, begann es plötzlich stark zu regnen. Ein warmer Regen ergoss sich über mich. Ich spürte, wie er über und durch mich floss. Es*

war so schön, dass ich auch noch vom Boden Wasser ge-
schöpft und dieses immer wieder über den Kopf und Körper
gegossen habe. Noch am nächsten Tag war ich von diesem Traum und diesem warmen Regen ganz ergriffen
und habe auf Bruderholz davon erzählt. Und was passierte dann in Kenia weiter? „Macht nichts, wenn der
Regenbogen heute nicht kommt, dann gehe ich ein
bisschen ins Wasser." Ich musste lange gehen, bis das
Wasser tief genug war. So, kniete ich mich ins Meer auf
diesen Sand. Es war so schön im Wasser, so sang ich
plötzlich zu diesem Gott. Weit hinten am Horizont rissen plötzlich die Wolken auf und ein Licht, rot wie
Glut, breitete sich aus und es begann stark zu regnen.
Ein warmer Regen, der überall rund um mich herum,
über mich und durch mich floss. Das ganze Meer perlte
auf wie Silber und Gold! Voller Freude musste ich lachen und weinen zu gleich. Ich hatte das Gefühl, selbst
zu diesem warmen Regen zu werden, ich fühlte mich
eins mit diesem Regen, ich war Regen!

Tagsüber habe ich weiterhin viel geschlafen und bin
dann abends – kurz nach dem Abendessen – noch ans
Meer gegangen. Dort entwickelte sich bei mir plötzlich eine Vision. *Ich hatte ein Gefühl, als wäre mein Bru-*
der plötzlich zum Greifen nahe. Über das gesamte Him-
melszelt bildete sich ein Jesus-Gemälde wie von Rembrandt
gemalt: die Haare spannten, uferten geradezu über den gan-
zen Himmel, so weit wie dieser reichte. Plötzlich befand ich
mich in einem hohen Kuppelgewölbe. Im vorderen Bereich
stand ein Tisch mit weißem Laken darauf. Dorthin kamen
viele Menschen und standen oder knieten zum Beten. Auf

dem Boden vor dem Tisch knieten und beteten viele Nonnen dicht aneinander gedrängt wie zu einem Gebetsteppich. Weiter hinten befanden sich noch verschiedene Menschen und nahmen an diesem Geschehen teil. An der Seite stand eine Frau mit einem Gefäß. „Was machen die da?", fragte ich. „Auf dem Tisch ist doch gar niemand drauf zu sehen. Warum beten sie?"

Auf einmal tauchte ein großes Holzkreuz auf. Ein solches Riesenkreuz habe ich noch niemals gesehen. Oben auf einem Kreuzflügel hing an einem Nagel ein kleines Messingschloss.

Am Deckenrand entlang bewegte sich langsam und gezielt plötzlich eine mächtige, riesige Schlange. Bewusst umspannte sie diese Decke. Unzählige, kleinere Schlangen ringelten sich dort ebenfalls, verwoben und vernetzten sich über die gesamte Fläche. Mit geballter Kraft schoben sie auf einmal diese Decke hoch. Ich sah nur Licht! Genau in diesem Moment wurde ich unterbrochen. Ich war sehr enttäuscht und dachte nur: „Schade! Jetzt kann ich nicht entziffern, was diese Vision für mich wirklich bedeuten sollte!"

Am nächsten Morgen wurde ich wieder in aller Frühe um drei oder vier Uhr wach. Draußen regnete es in Strömen. Bei diesem Wetter konnte ich gar nicht rausgehen. *Dann vernahm ich das Wort: „VISION"! Sofort schloss ich meine Augen und die Entzifferung dieser vorabendlichen Vision entfaltete sich, und es lautete: „Der Tisch mit dem weißen Laken ist für dich bestimmt! Du bekommst immer die Heilung, die du für dich brauchst! Der lange Weg mit dem großen Kreuz ist abgeschlossen! Die Pforte zum Himmel ist geöffnet! Du kannst die Botschaften des Himmels empfangen!"* Ich war völlig ergriffen. So führte ich mir das ganze Geschehen noch einmal vor Augen. Gott bist Du mächtig!

Ostersonntag war ich in Kenia in einer Kirche zu einer Messe. Es waren nur wenige Weiße dort. Obwohl ich kein Englisch spreche, habe ich diesen Pfarrer verstanden. Er hatte einen Eimer voller Weihwasser, in dem ein Reisigbündel drinsteckte. Seine Segnung bestand darin, dass er die Menschen großzügig und mit viel Schwung mit Wasser berieselte. Es war so ergreifend lebendig, wie er mit Händen und Füßen gesprochen hat. Schließlich haben wir alle auch noch die Hostie empfangen und für mich war alles so mächtig, dass ich meinen Entschluss, mit Gruppen zu arbeiten, dort noch einmal vor diesem Gott besiegelt habe.

Dr. Bösch war mir noch mit einem kurzen Artikel über meine Arbeit behilflich, der im Dornacher Blättchen veröffentlicht wurde. Dann fing ich mit meiner Gruppenarbeit im Kloster Dornach an.

Die Anfänge

Nach meiner Rückkehr fand meine erste Heil-Gruppenarbeit zunächst auf Maria Stein statt. Sieben Personen nahmen daran teil. Eine Frau begann sofort zu weinen. Ich behandelte sie im Sitzen. Sie berichtete, dass sie seit zwanzig Jahren an Kopfschmerzen leide und dass der Schmerz bis in die Schultern ausstrahlen würde. Plötzlich fing sie an zu lachen, packte mich und hob mich hoch. Wir waren alle sehr erstaunt und mussten nach einer solchen Überraschung alle miteinander lachen. Das Ganze wiederholte sich ein zweites Mal. „O Gott, o Gott, was tue ich denn da?" meinte sie plötzlich und begann erneut zu weinen. Dann sagte sie: „Kopfschmerzen, das ist es nicht. Ich weiß es jetzt, meine Seele weint, meine Seele weint!" Später, nachdem ich bereits meine Gruppenarbeit ins Kloster Dornach verlegt hatte und eine Heil-Gruppe mit diesmal 25 Personen beisammen war, stand plötzlich eine Frau in einem leuchtend roten Kleid strahlend im Raum. Ich erkannte sie nicht sogleich, aber es war die Frau, die mich auf Maria Stein in die Luft gehoben hatte. Sie hatte sich sehr verändert. „Ich bin heute vorbeigekommen, um zu berichten, wie es mir seither ergangen ist. Ich muss vorausschicken, dass ich mit meiner Mutter seit Kindesbeinen und ein ganzes Leben lang ein sehr schlechtes Verhältnis hatte. Wir hatten immer nur wenig gesprochen und sind schließlich getrennte Wege gegangen.

Meine Mutter ist dann irgendwann verstorben und ich wusste nicht einmal, wo man sie beerdigt hatte. Nach dieser Heil-Gruppe auf Maria Stein hatte ich in der Nacht einen Traum: Meine Mutter stand im Türrahmen und wir haben uns versöhnt. Sie hat mir anschließend auch noch mitgeteilt, wo sie begraben liegt. Ich bin am nächsten Tag auf den besagten Friedhof gefahren und fand auch tatsächlich dort ihr Grab. Seither sind meine Kopfschmerzen verschwunden."

Ich habe nicht tausend spirituelle Bücher gelesen, ich habe kein theologisches Wissen im Hinterkopf. Über spirituelle Dinge konnte ich mit niemandem sprechen. Wäre ich zu Hause in Slowenien gewesen, hätte ich mit meinem Bruder reden können, obwohl ich früher nicht so viel von solchen Themen wissen wollte. Ich hatte ja auch nie Zeit. Nun begann ich auch spirituelle Bücher zu lesen. Nur, ich behielt aus diesen Büchern nicht viel. Irgendwie war es schnell wieder aus meinem Gedächtnis verschwunden. Meine Art, spirituelle Erfahrungen zu machen, waren und sind meine Gotteserfahrungen, Träume, Visionen, Gespräche, alles, was ich mit Menschen immer wieder erlebte und erlebe. Unser größter Lehrer ist unser Alltag, wenn wir den einigermaßen bewältigen, dann sind wir unser eigener Meister. Das ist spirituelle Entwicklung.

Kloster Dornach

Heil-Nachmittag im Kloster Dornach. Wieder ist der Raum voller Menschen. Mir fiel besonders eine Frau auf, die in eine Decke gehüllt neben einem Mann saß, der sehr skeptisch das ganze Geschehen beobachtete. Ich konnte nicht erkennen, ob die Frau in einem Rollstuhl saß oder nicht. Als ich eine Heildemonstration anbot und fragte, wer sich zur Verfügung stellen wolle, meldete sich gerade diese Frau. Es zeigte sich, dass sie nicht in einem Rollstuhl saß. Unter der Decke hatte sie auf ihrem Schoss ein Kissen und darauf ihre Hände, Arme abgelegt. Seit einem Unfall bei dem einige Halswirbel herausgesprungen waren, konnte sie ihre Arme kaum mehr bewegen. Sie lebte mit anhaltenden Schmerzen. Wie immer machte ich keinerlei Versprechungen.

Ich legte der Frau meine Hand auf und sie begann sogleich zu weinen, dann zu frieren und schließlich bekam sie einen Schüttelfrost. Nachdem die Reaktion abgeklungen war, fragte ich die Frau: „Wo spüren Sie jetzt den Schmerz?" „Nirgendwo!" bekam ich zur Antwort und sie fing an sich zu bewegen. Aus langjähriger Erfahrung stelle ich immer wieder fest, dass in diesem Monet sich der Schock, der in der Tiefe festsaß, auflöste. Die Geistige Welt zeigt uns in einem solchen Moment, dass diese physischen Schmerzen nicht sein müssen. Jedoch geht nun für den Patienten die Arbeit weiter, denn die Muskeln, die durch die Schmerzen lange nicht beansprucht werden konnten, können durch die Physiotherapeuten wieder trainiert werden. Genauso braucht auch der seelische Schmerz, der durch diese ganze Situation entstanden ist, seine Zeit, bis er geheilt ist.

Nach einer Zeit tauchten diese beiden Herrschaften erneut bei einem Heilnachmittag auf. Beide erschienen sehr fröhlich. Der Mann ergriff das Wort und berichtete der Gruppe von der Behandlung seiner Frau und was anschließend geschehen war: „Nach zehn Jahren konnten wir endlich wieder Urlaub machen. Unser ganzes Leben hat sich seither verändert. Wir können wieder normal am Leben teilnehmen, Großeltern sein, die auch mal auf die Enkelkinder Acht geben können, die mit ihnen spielen können, die sich bewegen können. Unserer Familie, die lange mitgelitten hat, konnte sich wieder langsam erholen."

Einmal hatte ich eine Vision, in der sich zeigte, was eine meiner zusätzlichen Aufgaben ist. *Ich sah meine Groß-mutter in der Wüste auf dem Sand sitzen. In ihrer Hand hielt sie einen Stock und sie wurde mit einer goldenen Krone gekrönt. Es kamen ganz viele Menschen zu ihr, sie sprach zu ihnen und umarmte jeden Einzelnen dieser Leute.* Ich hatte dann noch weitere Träume über meine Groß-mutter – zunächst waren sie noch schön, dann aber wa-ren sie nicht mehr angenehm. – Ich kenne das, wenn eine Vision vom Gott kommt, muss man sie umsetzen, sie bringt uns weiter. Macht man es nicht gleich, dann wird man erinnert und durch schlechte Träume er-mahnt. Ich nenne dies eine Hilfe aus der Geistigen Welt. *Einmal träumte ich, meine Nona habe gerufen und gejammert. Richtig um Hilfe rief sie. Ich bin über viele Hü-gel gelaufen und habe sie gesucht. Es war ein schreckliches Gefühl. Plötzlich entdeckte ich sie, wie sie in einem Weiher hilflos auf dem Rücken trieb und fast ertrunken wäre. Ich eilte ins Wasser und zog sie heraus.* Ich war heilfroh und wurde gleichzeitig Schweiß gebadet wach. In dem Moment habe ich es versprochen: „Nona, ich werde diese Vision erfüllen!" Seit damals fing ich an, alle Menschen, die zu mir zu Heilnachmittagen oder ande-ren Veranstaltungen kommen, zu umarmen. Wie gesagt, die Großmutter hat nicht nur damals gewirkt, sondern sie wirkt auch heute noch weiter. Sie ist meine Hilfe, mit Sicherheit. Das ist sie, das ist die Großmutter. Ich hatte selbst schon so viel Glück durch die Menschen beim Umarmen. – Z. B. durch eine Frau, die nur kurz behandelt und danach von ihrem Mann abgeholt wurde, da die Frau nicht so gut zu Fuß war. Ich habe den Mann kurz in die Arme genommen und dann gingen sie. Später bekam ich einen Brief, der mir schilderte, was danach geschehen war. Zunächst hatte sich nichts groß bemerkbar gemacht, aber als der Mann nach Hause kam, fing er an, stundenlang zu weinen. Im Brief schrieb er mir, dass er zehn Jahre lang durch die Krankheit der Frau nicht mehr habe weinen können und wie versteinert und leer gewesen sei. Nach dieser Umarmung, hatte er das Gefühl, als wenn ihm die zehnjährige Last von den Schultern abgefallen wäre und er fühlte, wie er mit neuer Kraft aufgefüllt wurde. Nun war er wieder aufgestellt und fühlte sich erleichtert. Ich habe das Gefühl, dass dies eine innige, heilsame Umarmung ist. Bei meinen Veranstaltungen umarme ich die Menschen und lege die Hand auf. Ich sage dann immer: Wer nicht in die Arme kommen möchte, kann einfach sitzen bleiben. Viele Menschen haben Ängste. Es kann schon vorkommen, dass der eine oder andere sagt: Handauflegen ja, umarmen bitte nicht. Ich finde das vollkommen in Ordnung. Die Würde und der Respekt vor einem Menschen sind das A und O. Meistens bemerke ich dann irgendwann während oder am Ende der Veranstaltung, dass die gleiche Person nun in meine Arme kommt. Was ist da geschehen? Für mich ist da was ganz Großes passiert. Da ist jemand im Herzen berührt worden und konnte seine Angst überwinden. Der erste, ganz wichtige Schritt zur Selbstheilung ist geschehen. Das ist Geistige Heilung.

Am Anfang jeden einzelnen Menschen richtig wahrnehmen, auch wenn achtzig oder hundert Menschen da sind. Das spielt überhaupt keine Rolle! Ich muss erst mal schauen: Wer ist denn da, auch in der hintersten Reihe.

So habe ich dann meine Erfahrungen durch die Menschen gemacht. Es sind immer die Menschen, die mir den Weg zeigen. Ich muss überhaupt nichts sagen, es wird ja gezeigt, ob es gut oder nicht gut ist. So weiß man, was die Aufgabe ist. So habe ich immer mehr Erfahrungen gemacht, als ich angefangen habe, das Umarmen wirklich umzusetzen.

In diesen Veranstaltungen muss niemand irgendetwas. Da kann jeder so sein, wie er ist. Der Respekt vor der Würde jedes Menschen ist die Grundlage meiner Arbeit.

Wenn man einen jungen Menschen vor sich hat, der einem plötzlich in die Arme fällt und sagt: „Helfen Sie mir, helfen Sie mir bitte, ich habe eine solche Angst, und ich weiß nicht, wer ich bin." Ein junger Mann, der groß ist, aber gebückt. „Setzen Sie sich erst mal einen Moment hin, bitte!" Dann redeten wir miteinander, ich hielt kurz seine Hände. Nach einer Weile hob er seinen Kopf hoch und begann zu weinen. Tränen, die so dick waren wie man glaubte, sie noch nie gesehen zu haben. Schließlich schaute er und sagte: „Wissen Sie was: Ich bin ja gar nicht alleine, ich bin ja gar nicht alleine!" So, was ist denn da geschehen? Für mich etwas ganz Großes, denn da hat sich wieder jemand in seinem Herzen gefunden. Das Ganze ging dann noch weiter und ich sagte: „Wie sitzen Sie denn da?" „Ich kann nicht anders!" „Junge, komm mal her!" Dann strich ich ihm über den Rücken und er richtete sich auf. Er stand auf, lachte und sagte: „O Gott, o Gott, ich habe das Gefühl, meine Nase ist ganz oben in der Luft!" „Junge, vorher hast du nur Pflastersteine gesehen, nicht wahr! Und das war dunkel, und jetzt hörst du auf mit der Dunkelheit!" Dann kam jemand in den Raum, dem es auch nicht so gut ging und er konnte dann den anderen trösten. Nur so geht es und anders nicht. Einem wird geholfen und er ist der Lichtbringer für ganz viele andere, für die Familie, die Nachbarn und viele, viele andere. Es ist schön zu sehen, wie die Versöhnungen dann stattfinden nach zwanzig, dreißig Jahren.

Einmal, morgens, bin ich aus einem Traum aufgewacht, als ich zu jemandem sprach: *„Schau hier auf der Brust über deinem Herzen ist nur etwas Asche. Die müssen wir jetzt wegpusten, unten drunter, ganz tief, ist die Glut, die Glut, die schon immer da war. Jetzt heißt es: Holz sammeln, und auflegen musst du schon selber, und zwar immer gerade nur so viel, wie du brauchst und kannst. Diese Kraft, dieser Gott, verlässt uns nie. Wir selber sind es, die uns zeitweise von dieser eigenen Kraft zurückziehen, und wenn es zu lange andauert, können wir uns sogar verlieren. Dann werden wir krank und brauchen Hilfe.*

Ich sage, wenn es jemandem sehr, sehr schlecht geht, erzähle ihm nicht von Gott, er glaubt dann sowieso nicht. Nicht an sich selbst, nicht an die anderen und geschweige denn an Gott! Er denkt dann nur: Warum gerade ich und so weiter … In einem solchen Moment sage ich: Schenkt ihm Liebe. Liebe ist die höchste Heilkraft überhaupt. So kommt er dann von selbst wieder auf die Beine, verspürt wieder Kraft, und es kann dann schon passieren, dass er den Kopf hebt, sich aufrichtet, weint und lacht zugleich und sagt: „Wissen Sie was, ich bin gar nicht alleine!" oder er seufzt: „O Gott, o Gott, mein Gott!" Das sind wunderschöne Momente. Geistige Heilung ist nicht machbar. Sie geschieht oder geschieht nicht. Geistige Heilung ist ein tiefes Geheimnis, ist Liebe, allumfassende Liebe, ist Selbstheilung. Jemand protestierte einmal, als ich das sagte und er meinte, das sei mehr ein Wissen. Ich sage: Sicherlich ist das Wissen und wenn diese Liebe Wissen ist, ist dies die gelebte Liebe. Nur gesprochene Worte, die nicht gelebt sind, sind tote Worte. Diese Liebe kommt aus unserem Herzen und will verströmt werden. Diese Liebe will raus und wieder rein – das ist diese allumfassende Liebe. Spirituelle Liebe heißt einfach Sein. Wenn unsere Nähe die Menschen nährt und nicht nervt, ist das der Beginn der Selbstheilung. Jeder Mensch heilt sich selbst, deswegen hat sich bei mir dieser Satz „Im Herzen berührt, zurück zu den Wurzeln, aus eigener Kraft voran", so eingeprägt. Ich spreche jetzt hier nicht von der physischen Liebe, die auch sehr wichtig ist in unserem Leben und unserer Entwicklung. Man sollte sie auch nicht mit der emotionalen Liebe verwechseln, denn die ist wiederum oft mit Forderungen verbunden. Wir alle haben sehr viele Möglichkeiten hier und überall, unsere Gotteserfahrungen auf ganz unterschiedliche Art und Weise zu machen. Es muss ja nicht immer alles auf einmal geschehen. Wir haben alle sehr viel Zeit mit unseren Höhen und Tiefen, um unsere Lebensschule zu durchleben. Wenn etwas geht, weil es nicht geht oder nicht geht, weil es geht, dann nur, weil was Besseres kommt! Haben Sie Vertrauen, haben Sie Vertrauen, haben Sie Vertrauen, es lohnt sich. Deswegen sage ich: Wenn wir uns in unserem Herzen wiederfinden, wenn wir diese Kraft wieder wahrnehmen und im Herzen berührt sind, dann wissen wir, dass wir ein Stück von Gott sind. Es ist unterschiedlich, wie man diese Kraft nennt: Für den einen ist es „Gott", für den anderen „ein Baum", für den nächsten „eine unendlich schnelle Schwingung" oder „die Mutter Erde" usw. Der Gott ist in allem, was existiert. Menschen, Tiere, Pflanzen, Steine, der Gott ist in allem, was existiert. Wenn wir diese Erfahrung wieder machen, dann haben wir die Kraft, unseren Weg zu gehen. Natürlich, Hindernisse werden dann und wann da sein. Nur wir müssen nicht daran verzweifeln und versteinern. Aus eigener Kraft können wir uns stellen und Stück für Stück weitergehen. So wie jeder für sich kann. Das ist unsere Lebensschule, die nie aufhört, solange wir leben. Das ist spirituelle Entwicklung, unsere eigene Entwicklung.

Viele fragen nach dem Sinn des Lebens. Der Sinn des Lebens ist leben. Leben ist Bewegung – Bewegung heißt hoch und runter, das hält uns munter! Und wenn man manchmal alles nur dunkel sieht und glaubt, dass nichts mehr geht – genau dann kommt das Licht und es geht wieder weiter. „Ja, ja, werden manche sagen: Sie hat gut reden! Deren Vertrauen möchte ich gerne haben!" Nun, glauben Sie mir, wir alle tragen die gleiche

Kraft in uns, und ich wünsche mir, dass sie früher oder später bei jedem wieder oder neu geweckt wird!

Wir alle haben Geistige Führung und Führer. Ich weiß, dass dieser Gott in uns und die Geistigen Führer mich bei meiner Arbeit unterstützen.

Madonna aus dem Stein

In einer Meditation zum Höheren Selbst machte ich eine Erfahrung. *Plötzlich befand ich mich in einer Wüste. Ich trug ein erdfarbenes Gewand und ging auf dem Sand die Dünen hoch und runter. In der Hand hatte ich einen Stock. Oben auf der Höhe blieb ich stehen. Unten im Tal bemerkte ich eine Menschenmenge, die im Halbkreis saß und speiste. Einige trugen sonderbare, samtige, spitze Schuhe. Auch sie trugen Gewänder. Ich ging zu diesen Menschen und begann, ihnen etwas zu erzählen. Während ich sprach, bemerkte ich, wie ich älter und älter und kleiner und kleiner wurde. Dieser Stock zerbrach. Ich wurde noch älter und kleiner und starb. Ich habe mich wirklich tot auf dem Boden liegend gesehen. Dann kam jemand aus dieser Gruppe, brachte ein weißes Laken und deckte mich zu. Der Wind fing an zu wehen und bedeckte das Tuch mit Sand. Immer mehr und mehr bis aus diesem Sand eine rechteckige Steinplatte wurde. Ich erschrak richtig, als aus diesem Stein mit einem zischenden Laut eine riesige Muttergottes entstand.*

Die Tunesien-Reise

Kurzentschlossen reiste ich mit Freunden nach Tunesien.

Einmal fuhren wir mit dem Bus und hielten an einem Ort an. Plötzlich entdeckte ich Steine, wie ich sie in meiner Vision von der Madonna gesehen hatte. „Schaut mal, das ist genauso ein Stein, wie ich ihn in meiner Vision gesehen habe und euch bereits auf Bruderholz erzählte." „Welche Bedeutung hat dieser Stein?", fragten wir den Reiseführer. Er berichtete uns, dass man sie früher für ein Begräbnis verwendete. So sollte man die Gräber von Armen und Reichen nicht voneinander unterscheiden können. Die Verstorbenen wurden in ein Laken gewickelt und im Sand begraben und mit einem solchen Stein zugedeckt. Ich fand keine Worte mehr.

Bei einem Ausflug in die Wüste, den wir unternahmen, erlebte ich einige Begebenheiten, die ich bereits in Visionen erfahren hatte. Für mich waren diese Wiederbegegnungen wie eine Bestätigung meines Weges, den ich gewählt habe. Wie bei der Vision – als ich meine Großmutter in der Wüste sitzend sah–, fühlte ich mich, als ich mich auf den Wüstensand setzte. Auch einen Holzstock fand ich dort vor, und dies in einer Gegend, in der keine Bäume wachsen. „Du lieber Gott, jetzt fühle ich mich wie meine Großmutter in der Wüste. Hier haben wir den Stock; jetzt fehlen nur noch die Leute!" Wie aus dem Nichts standen plötzlich eins, zwei, drei, vier, fünf, sechs, sieben, acht Personen da. Das hat mich schon sehr stark berührt.

Eine dritte Bestätigung meiner Träume und Visionen fand bei der weiteren Reise durch die Sandwüste statt. Da man bei der starken Hitze nicht in normalen Wohnhäusern überleben kann, wohnen die Menschen in unterirdischen Wohnungen. Auch davon hatte ich schon auf Bruderholz geträumt und auch davon berichtet. *„Irgendwo unter der Erde, da waren steinerne Tische. Ich ging durch diese Gänge in einen Raum und dort war eine Frau. Sie hatte verschiedene Kräuter gestampft, gemischt, sortiert und verkauft. Das war vielleicht eigenartig!"* Als wir uns diese Höhlen anschauten, war ich erneut sehr überrascht und erstaunt. Wir fanden all das vor, was ich geträumt und berichtet hatte. Ich war froh diese Erfahrungen nicht alleine zu machen, sondern mit Menschen, denen ich schon vor der Reise all das berichtet hatte. Ich bin sehr dankbar, dass ich mit diesen Menschen meine Erlebnisse teilen konnte.

Von der Arbeit, eine Mutter zu werden

Für mich ist es immer wieder ein großer Moment mitzuerleben, wenn ein Mensch sich gefunden hat! Das ist der Augenblick einer spirituellen Geburt.

Unser erstes echtes Studienkind hat sich seine Mutter hart, schwer und schmerzvoll erarbeiten müssen. Sie hatte fünf Fehlgeburten in nur zwei und einem halben Jahr. Diese junge Frau musste durch eine wirklich brutale Lebensschule gehen!

Als sie zum ersten Mal vor mir in meinem Behandlungszimmer auf Bruderholz lag, hatte Annalisa I. rich-

tige Angst davor, dass ich zu nahe an ihren Bauch heran-
kommen könnte. Behutsam und ganz allmählich mussten wir da miteinander umzugehen lernen. Annalisa war
sehr unglücklich, hatte nur wenig Kraft, nach all diesen
körperlichen und seelischen Strapazen. Man konnte
nicht erwarten, dass dann gleich die Kinder kommen
würden! Es musste zuerst noch ganz anderes passieren!
Viele Schmerzen musste sie durchleben. Wir haben viel
miteinander geredet und sie hat sich wirklich geöffnet
und bemüht, ihren Anteil an dieser Arbeit zu überneh-
men. Bei einer Behandlung von Annalisa sah ich plötzlich ein Symbol. Zeigen sich bei einer Behandlung Bilder oder Symbole vor meinem geistigen Auge, nehme
ich sie an. Ich erzwinge niemals, irgendetwas sehen zu
wollen, weil sich das meiste von alleine ergibt. Es kann
sein, dass eine Behandlung etwas ins Stocken gerät und
die Frau sich in einer inneren Unruhe befindet. Dann
bitte ich die Geistige Welt um Hilfe. Nur wenn es sein
darf, sehe ich dann ein Bild, ein Symbol oder auch eine
ganze Handlung. Wie geführt, kann ich das, was ich jetzt
gesehen habe, jetzt vorsichtig fragen, am Ende der Sitzung oder gar nicht, weil es jetzt nicht angebracht ist
und sich später erübrigt. Bei Annalisa sah ich einen Kinderwagen, einen offenen so wie es sie früher gab. In diesem Wagen saß ein Junge, aber ohne Begleitung. Ich
fragte ganz vorsichtig: „Was bedeutet für Sie ein Kinderwagen mit einem Jungen drin, aber das Kind ist ganz
alleine?" Sie hat versucht meine Frage umzusetzen. In
dem Moment sagte sie ziemlich bestimmend „Ich war
ja schon Mutter, ich war ja schon Mutter, ich war ja
schon Mutter!" Ich dachte nur: „Das kann ja gar nicht

sein, denn sie wünscht sich ja ihr erstes Kind!" Daraufhin erzählte sie die ganze Geschichte, an die sie bis dahin schon lange gar nicht mehr gedacht hatte. „Ich war das erste Kind meiner Mutter, und sie wünschte sich noch mehr Kinder. Aber lange Jahre passierte nichts. Einmal hatte sie einen Abortus; das war für uns alle schrecklich. Als ich schon ein Teenager war, kam dann doch noch ein Bruder. Ich habe mich sehr über diesen Bruder gefreut, aber dennoch hatte ich mit dieser Situation Probleme. Die anderen Jugendlichen in meinem Alter sind ausgegangen, haben sich mit Freunden getroffen, und ich musste immer diesen kleinen Bruder überallhin mitnehmen. Manchmal kam mir auch der Gedanke: „Ja, was sagen die Leute!" Ich dachte, sie wussten, dass meine Mutter lange keine Kinder bekommen konnte und plötzlich ist dieser Junge da. Ich habe mir tatsächlich eingebildet, dass sie denken könnten, dass wäre mein Kind. Dann habe ich schon manchmal dieses Kind im Kinderwagen irgendwo alleine in einer Schonung stehen lassen." Wenn man sich jetzt vorstellt, wie ein solcher Gedanke in der Tiefe unbewusst feststecken kann: „Ich war ja schon Mutter!" und wie dieser Gedanke praktisch jede Schwangerschaft verhindert hat! Das ist schon unglaublich! Sorgfältig hat Annalisa zu Hause Protokoll geführt über alles, was sie während der Behandlungen erlebte. Sie hat wirklich ihre Schritte gemacht, hat sich entwickelt, ist stärker geworden, konnte sich im Berufsalltag behaupten, hat vieles nachgeholt, hat an Lebensqualität gewonnen. Von einer unsicheren, jungen Frau hat sie sich in eine reife, selbstbewusste Frau verwandelt.

Etwas sehr Schönes kam dann noch. Sie hat ihren Bruder besucht, der im Ausland lebt, und sie hat sich mit ihm ausgesprochen. Das war wunderschön. Sie haben auch darüber gesprochen, was in der Kindheit war, und sie hat dann gesagt: „Jetzt weiß ich, du bist mein lieber Bruder und ich bin deine liebe Schwester und nicht deine Mutter!" Sie konnten zusammen lachen und alles war bestens. Ja, das war eine echte Versöhnung aus tiefstem Herzen, die da stattgefunden hat.

Eines Tages kam Annalisa dann wieder in meine Behandlung. Ich holte sie im Warteraum ab und es fiel mir sofort eine große Veränderung an ihr auf: „Ja, was haben wir denn da für eine reife Frau?", fragte ich. Entsprechend lächelte sie auch. Ich will damit sagen, bei mir werden die Frauen nicht älter, sondern reifer. Das ist etwas anderes. Sie war auch wunderschön und ich habe sofort gewusst: „Hier ist jemand schwanger!" So war es dann auch. Dieses Kind ist ein wunderschöner Junge und er heißt Flavio. Die Mutter ist wohlauf und beide Eltern sind voller Freude!

Bevor diese Studie zu Ende gehen wird, hat mich dieser Gott erhört: Bitte nur ein Kind aus der echten Studie, von der es hieß, dass aus medizinischer Sicht keine Schwangerschaft möglich ist! Geistige Welt, ich danke Dir!

Eine andere wirklich wunderschöne Geschichte aus der Begleitstudie ist die von Sandra, Stephan und Fabienne P. Da auch sie bereits in der Öffentlichkeit darüber berichteten, erlaube ich mir, auch von ihnen hier zu erzählen.

Wenn ich an diese junge Frau, an Sandra, denke, erinnere ich mich daran, wie sie damals bei mir erschien. Sie sagte: „Ich weiß nicht, wie ich überhaupt in diese Studie gelangt bin!" Sie hatte Endometriose, verschiedene Operationen, einen Autounfall und eine Fehlgeburt – also eine sehr schmerzhafte Leidensgeschichte einerseits, aber einen leidenschaftlichen Kinderwunsch anderseits. Abgemagert und absolut am Ende ihrer Kräfte war sie, als sie kam. Sie hat echte Prozesse und Prozeduren durchgemacht, nicht aufgegeben, und gekämpft. Als sie in der Behandlung war, hatte ich auch bei ihr verschiedene Bilder, Symbole, die sich als zutreffend herausstellten. Unermüdlich war Sandra. Zusätzlich kam sie noch in meine Workshops, so groß war ihr Kinderwunsch. Beim ersten Mal kam auch ihr Mann mit und später ab und zu auch noch.

Manchmal war es sehr schlimm für sie und sie glaubte schon: Es wird nichts! Viele Schmerzen und viel Trauer musste sie bearbeiten, aber ich habe immer gewusst, sie wird es schaffen.

Dann passierte etwas in einem Workshop. Auf einmal kam sie wirklich in ihre eigene Kraft und es gab einen großen Ausbruch. Nach einer gewissen Zeit ist sie dann aufgestanden und im Kreis gerannt vor Freude. Es kam ein riesiger Urschrei und wir alle haben uns mit ihr gefreut. Ich habe gewusst: „So, Mädchen, jetzt hast du es geschafft!" Genauso war es.

Ja, und sieh' mal da, es hat dann auch nicht lange gedauert und sie war schwanger. Nun haben sie ihr Kind und sind superglücklich. Zur Taufe haben mich die Eltern eingeladen und ich war auch ganz stolz und konnte das Kind, Fabienne, in die Arme nehmen.

Der Sprayer

Ich erinnere mich noch sehr genau an diesen jungen Mann, als er gebückt und total am Ende seiner Kraft zum ersten Mal auf Bruderholz erschien. Er kam tatsächlich aus eigener Initiative, obwohl er bis dahin schon viele Ärzte und Therapeuten aufgesucht hatte. Er hatte viele Ängste, konnte nicht mal beim Essen mit anderen Menschen an einem Tisch sitzen. „Haben Sie auch Angst vor mir?", fragte ich ihn vorsichtig. „Eigentlich habe ich vor allen Menschen Angst." Man kann sich vorstellen, wie langsam eine solche Arbeit angegangen werden musste. Stück für Stück zeigten sich die Schmerzen. Alle möglichen Beziehungen waren bei diesem jungen Menschen zerstritten. Er hatte keinen Kontakt mehr zu seinen Eltern. Er lebte in einer Ein-Zimmer-Wohnung und besaß kaum etwas. Von der Polizei wurde er immer wieder verfolgt, weil er als Sprayer Sachschaden an vielen Wänden verursachte. Es war bewegend mitzuerleben, wie das, was ich die Reihenfolge nenne, bei diesem Menschen verlief. Zuerst einmal war er sicht- und spürbar im Herzen berührt. „Graziella, ich habe Licht gesehen, ich habe Licht gesehen, ich habe den Jesus gesehen." Langsam und allmählich kam er in seine eigene Kraft und sein Selbstheilungsprozess begann. Er fing an, seinen Gefühlen freien Lauf zu lassen. Auf der einen Seite schimpfte er, dass alles ganz schlimm sei; und dann wieder in der nächsten Phase war er ganz erschöpft und rief nach seiner Mutter. Diesen Kampf mit anzusehen, hätte einem sprichwörtlich fast das Herz brechen können.

Im Laufe der Zeit hat er sich wirklich gemacht, es ging ihm immer besser und besser. Schließlich passierte Folgendes. Ich hatte ihm immer wieder gesagt: „Junge, vertrau auf die Geistige Welt, wir bekommen Hilfe!" Eines Tages kam er wieder zu mir und sagte weinend: „Schau dir mal meine Ärmchen an! Wie dünn und schwach sie sind. Ich habe gar keine Kraft. Nicht mal sprayen kann ich, und du erzählst mir von der Geistigen Welt!" Darauf antwortete ich: „Junge, bedanke dich bei der Geistigen Welt! Natürlich kannst du nicht sprayen, weil du gar kein Sprayer bist und auf dich eine ganz andere Arbeit wartet!"

Eines Tages bin ich mit ihm zu seiner Mutter gefahren. Der erste Kontakt nach langer Zeit wurde hergestellt. „Sie sind die geistige Mutter meines Sohnes!", empfing mich diese Frau. Für mich war das sehr ergreifend von dieser Mutter das zu hören. Die beiden, Mutter und Sohn, haben es wirklich geschafft, wieder zusammenzufinden.

Mittlerweile liegt all das bereits Jahre zurück, und er ist absolut aufgestellt! Vor einer Weile traf ich ihn zusammen mit seiner Freundin, die schwanger war. Er ist wieder mitten drin im Leben, bemüht sich und statt des Sprayens arbeitet er nun künstlerisch und unterrichtet andere, im Graffiti sprayen. Ich konnte die Entwicklung beobachten, als er sich im Herzen wieder gefunden hat und dann veränderte sich vieles.

An der Universität in Basel hat ein Professor in einem Vortrag diesen jungen Mann als Fallbeispiel erwähnt, weil man ihm dort nicht hat helfen können. Ich bin ganz stolz auf diesen jungen Mann. Auch körperlich hat er sich aufgerichtet. Er ist nun wirklich größer geworden, so muss ich jetzt zu ihm hochschauen.

Der Doktor aus St. Gallen

Ich bekam eine Einladung nach St. Gallen, in einer Pfarrgemeinde einen Kurs abzuhalten. Ein Arzt, ein Kardiologe, nahm auch an diesem Kurs teil, genauso wie Therapeuten und Theologen. Für mich ist es immer eine Freude, wenn die Ärzte selbst bei dieser Arbeit ihre Erfahrungen machen. Dieser Arzt hat auch im Kurs wunderbar mitgearbeitet. Bei einer Behandlung verspürte er, er würde von mehreren Händen gleichzeitig berührt werden. „Was ist da, wer behandelt meinen Rücken?" Niemand behandelte seinen Rücken. „Aber doch, ich habe es ganz genau gespürt! Jemand hat meinen Rücken behandelt!" Es passierte noch etwas anderes Erstaunliches. Er sah während dieser Heilsitzung eine goldene Kugel. Er wusste nichts von meinem Bruder und von meiner Vision. Nun hat er am eigenen Körper erlebt, dass da noch weitere Kräfte wirken.

Ich bin der Meinung, man soll auch die Ärzte nicht bedrängen, diese Arbeit zu akzeptieren. Solange die Schulmediziner etwas finden, ist es ihre Aufgabe zu helfen. Wenn sie aber nichts finden, dann gibt es doch sicher noch etwas anderes oder auch nicht. Manche

Leute fühlen eine Ohnmacht, wenn sie sich krank fühlen, und der Arzt nichts feststellt. Ich sage, es ist doch großartig, wenn ein Arzt nichts findet. Stellen Sie sich einmal vor, er würde etwas finden – dazu eventuell noch etwas Ernstes. Wenn dort nichts gefunden wird, dann kann man das Schlimmste schon ausschließen. Ein seelischer Schmerz, das ist der stärkste Schmerz, den kann man auf dem Röntgenbild nicht sehen.

Mit ganzer Kraft

Viele Leute fragen: „Wie schaffen Sie das?" Ich antworte: „Indem ich für mich sorge!" Dann kommt die nächste Frage: „Wie schützen Sie sich?" Meine Antwort: „Indem ich für Ausgleich zwischen Arbeit und Freizeit sorge!" Das Verhältnis von Arbeit und Freizeit muss stimmen! Je größer der Einsatz, desto länger muss die Erholung sein.

Mir erzählen die Leute immer wieder von wunderbarem Licht, das sie sehen. Einem ganz besonderen Licht, einem hellen, strahlenden Licht, viel stärker als die Sonne. Ein ganz ungewöhnliches Licht.

Ich selbst hatte Erlebnisse, daher weiß ich, wie dieses Licht aussieht. *Einmal vor dem Einschlafen verspürte ich einen Strom wie einen Goldblitz durch den ganzen Körper.*
Ein anderes Mal kamen nicht mehr diese Blitze, sondern ein helles Licht. Dieses Licht war strahlend wie ein elektrisches, weißes Licht – ganz strahlend. Ein kosmisches Licht,

viel heller als die Sonne. Zuerst ging es durch meinen Kör-
per und später breitete es sich über den Körper hinaus in den
Raum hinein. Ich war zunächst ziemlich erschrocken und
wollte fragen, was das zu bedeuten hat, konnte mich aber in
diesem Moment weder bewegen noch sprechen. Allmählich
verschwand dieser Zustand, kurz darauf wiederholte sich das
Ganze, aber nicht mehr in dem Ausmaß wie das erste Mal.
Nach der Frage, was das zu bedeuten habe, kam der Ge-
danke als Zeichen aus der Geistigen Welt: „Das ist genau
die Heilung, die du jetzt für dich brauchst!" Im Nachhinein war das ein ergreifendes und bestärkendes Ereignis. Manchmal wünschte ich mir, dass sich diese Situation wiederholen würde, es passierte aber nicht. Ich
habe aber dann begriffen, dass es genauso wie bei der
Heilung ist: Es geschieht dann, wenn es gebraucht wird
und geschehen darf! Das Ganze erinnerte mich an diesen Tisch mit dem weißen Laken, den ich während einer anderen Vision gesehen hatte, als es hieß: *„Der Tisch*
ist für dich bestimmt! Du wirst immer die Heilung bekom-
men, die Du für Dich brauchst!" Nun erfuhr ich dieses
Licht und weiß jetzt, was die Menschen meinen, wenn
sie mir davon berichten. Ich kann sie beruhigen, denn
ich kenne dieses Licht.

Keine Versprechungen

Ich sage immer: Keine Versprechungen, keine Diagno-
sen, keine Prognosen, keine Einmischung in ärztliche
und therapeutische Angelegenheiten sowie Medikamente.

Früher habe ich viel gearbeitet und es hat mich traurig gemacht, wenn die Leute unzufrieden waren, weil sie etwas anderes erwartet hatten. Damals war ich nicht so gelassen. Ich habe dann sehr oft gedacht: Warum mache ich eigentlich diese Arbeit? Ich habe wirklich alles gegeben und sorgfältig gearbeitet und dann diese Unzufriedenheit!

Jetzt weiß ich, dass ich nicht traurig sein muss. Es geht immer nur so weit wie es gehen darf. Es verläuft nach dem inneren Plan.

Bei dieser Arbeit passiert immer irgendetwas, aber nicht unbedingt das, was man in dem Moment gerne hätte, weil etwas ganz anderes Vorrang hat. Das nenne ich die Reihenfolge. Auf das vertraue ich!

Verwandlung

An einem Heilnachmittag kamen viele Menschen, unter ihnen eine Frau mit Stöcken und einer Begleitperson. Nach dem Gebet, dem Erzählen und einer kurzen Berührung meldete sich plötzlich diese Frau und sagte: „Ich muss etwas erzählen. Seit meiner Rückenoperation vor vier Jahren ist mein linkes Bein gelähmt. Ich benötige Stöcke und eine Begleitperson, wenn ich ausgehe. Es mag komisch klingen, aber bei dieser kurzen Berührung, verspürte ich auch das linke Bein." „Ja, wenn das so ist, wollen wir uns das mal anschauen, ob Sie das bei einer erneuten Berührung wieder verspüren! Wären Sie dazu bereit?" Sie bejahte, und so konnte ich gerade mit ihr eine Heildemonstration durchführen. Zuerst versuchte sie bewusst dieses Bein zu bewegen, aber es klappte nicht. Dann kam sie zur Ruhe, in eine tiefe Entspannung, so wie auch alle anderen anwesenden Personen. Ich sprach mein kurzes Gebet für diese Frau sowie für die gesamte Gruppe in diesem Raum. Nach einer Weile meinte sie: „Das ist ja seltsam. Ich sehe mich von innen und zwar ganz in Blau. Alles ist blau!" Etwas später sagte sie, sie verspüre das linke Bein, ein Kribbeln, eine Kraft bis in die Zehen. Ich sagte ihr vorsichtig, sie möge alles das bewegen, was sie könne, und wie es für sie möglich sei. Sie bewegte beide Beine hoch und runter, nach links und rechts und sagte selber: „Ich kann beide Beine bewegen!" Dann forderte ich sie auf, aufzustehen. Das tat sie. Ich meinte: „Dann probieren wir ein Stückchen zu gehen!" Sie lehnte sanft ihre Hand an meine an und so gingen wir eine Runde. „Schauen Sie, ich halte Sie ja gar nicht. Sie brauchen mich nicht! Sie können ganz von alleine gehen!", sagte ich und ich nahm meine Hand weg. Sie strahlte vor Freude und ging. Die Kraft und die Liebe in diesem Raum waren spürbar für alle. Die Freude war sehr groß und auch alle Anwesenden sahen wie verwandelt aus.

Danach meldete sich gegenüber noch ein junger Mann. Er wollte auch etwas sagen. „Ich bin viel lockerer geworden! Ich hatte vor vielen Jahren einen Unfall und konnte seither meinen Arm kaum bewegen. Jetzt kann ich es aber!" Er streckte seinen Arm hoch in die Luft. Da braucht es keine weiteren Worte.

Zufällige Begegnungen?

Vertrauen ist die Basis meiner Arbeit. Die Würde jedes Einzelnen und den Respekt vor jedem Teilnehmer, heißt es zu bewahren. Bei mir sollen sich die Menschen beschützt und geschützt fühlen und sein. Spirituelle Heilung ist: einfach sein.

Was ich oft beobachte, ist, dass sich zwei Menschen, die sich vielleicht vorher noch niemals begegnet sind, für einen solchen spirituellen Geburtsprozess geradezu brauchen. Obwohl sie während des Workshops gar nicht einmal zusammenarbeiten, sondern in einer anderen Gruppe sind. Die Heilungsprozesse entstehen selbstständig nach einer Reihenfolge, nach ihrem inneren Plan, und immer nur soweit wie die Person in diesem Moment bereit ist.

Es ist gut zu wissen: Ich kann vertrauen, ich werde getragen, ich kann so sein, wie ich bin. Es wird alles gut!

Für mich sind das dann spirituelle Zwillingsgeburten. So ein Moment ist absolut erhebend und sehr ergreifend. Ein solcher Augenblick lässt sich kaum in Worte fassen.

Wolfratshausen

Immer mehr Ärzte, Therapeuten und Theologen kamen in meine Seminare und meine Arbeit warf bei ihnen viele Fragen auf. Trotz langjähriger Erfahrungen kamen da und dort Fragestellungen, die mich herausforderten. Schon seit längerem hatte ich von einer

Schule in Wolfratshausen/D gehört, die eine solide und praxisorientierte Sensitivitäts- und Medial-Schulung nach Knauss/Sonnenschmidt (LEB®/S) auf dem Programm hat. So entschloss ich mich zu dieser Ausbildung. Natürlich gibt es auch noch weitere seriöse Schulen, die eine solche Ausbildung anbieten und jeder mag die für sich passende suchen.

Für mich persönlich war die Schulung sehr lohnend. Ich habe dort unter anderem gelernt, auch besser für mich zu sorgen. Natürlich erfreute mich sehr, dass mir meine bisherige Arbeit bestätigt wurde. Man hat mir auch bewusst gemacht, dass ich mit meinem natürlichen Atemrhythmus die Atmung der Patienten in deren individuelle Bahn bringe. Was man sonst sehr oft erst erlernen muss. Ich hatte das an mir schon selbst früher festgestellt, aber bis dorthin war mir die Bedeutung dieser Tätigkeit nicht völlig bewusst.

Dort habe ich auch wieder erfahren, dass meine Arbeit eine sehr verantwortungsvolle Arbeit ist und dass die Würde und der Respekt jedes einzelnen Menschen stets im Fokus dieser Tätigkeit ist und kein Hokuspokus: „Spektakel stirbt, wahre Arbeit bleibt!"

Die weiße Rose von Mattli

Während der Pause meines ersten Seminars im Antoniushaus Mattli 2002 ließ ich mich auf einer Bank im Freien nieder, um mich ein wenig an der Natur zu erfreuen. Plötzlich kam eine Frau vorbei und setzte sich neben mich. Sie schob ihre Sonnenbrille herunter und meinte: „Sie, Sie sind doch …?" „Ja, ja, ich bin!" antwortete ich schnell. Wir kamen ins Gespräch miteinander und die Frau begann zu weinen. „Ich wohne seit fünf Jahren dort hinten in einem schönen Haus, aber ich weiß nicht, was ich soll …" Ich gab ihr eine Antwort, die sie zufrieden stellte. „Das leuchtet mir jetzt ein!", gab sie zur Antwort. „Schauen Sie mal, dort oben ist eine kleine Kapelle. Waren Sie schon mal da? Wie sieht es denn dort aus?" „Ja, ich kenne diese Kapelle, aber ich mag nicht reingehen! Ich mag diese Kapelle nicht, die tut mir nicht gut!" „Ist nicht schlimm, ich gehe jetzt dort hoch und morgen oder irgendwann, wenn wir uns einmal wiedersehen, werde ich ihnen erzählen, wie es mir dort gefallen hat!" Am nächsten Tag in der Seminarpause ging ich wieder zu dieser Bank und die Frau erwartete mich bereits. Bevor ich anfangen konnte, ihr etwas zu erzählen, begann sie: „Wissen Sie, ich war gestern auch oben in der Kapelle!" „Aber, Moment mal, Sie sagten doch, es bekäme Ihnen gar nicht?" „Ja, aber jetzt gefällt es mir. Es macht mir Freude! Wissen Sie was, früher habe ich mich in dieser Kapelle kontrolliert gefühlt und deswegen wollte ich nicht dort hinein, aber jetzt, jetzt gefällt es mir. Haben Sie die Muttergottes darin gesehen, wie schön sie ist?" „Ja, ich habe gesehen, sie ist wirklich schön und groß." Was ist mit dieser Frau bloß geschehen? Das ist ganz eindeutig. Für mich ist da was ganz Großes geschehen. Sie ist im Herzen berührt worden und so glaubt sie wieder an sich selber und an diesen Gott in ihrem Herzen. Religio.

Am folgenden Tag bekam ich an der Rezeption im Antoniushaus eine große weiße Rose überreicht, die diese Frau dort für mich abgegeben hatte. Drei Tage lang war diese Rose dann noch im Seminarraum in einer Vase, später transportierte ich sie bei großer Hitze im Auto nach Bruderholz, um sie in meinem Behandlungszimmer auf meinem Altar vor meine Muttergottes zu stellen. Dort stand sie fünf lange Wochen, frisch, als wäre sie gerade eben erst geschnitten worden. Manche fragten sogar, ob die Blume künstlich wäre. Langsam trocknete die Blume, ihre Blätter fielen ab und an der gleichen Stelle schlugen neue Blätter aus, sogar ein ganzes Sträußchen von Blättern. Ich wusste: Für mich ist die weiße Rose ein Symbol, obwohl ich in dem Moment noch nicht wusste, wofür.

Noch mehr Kinderwünsche

Durch die zweite Studienarbeit kommen immer wieder Paare mit einem unerfüllten Kinderwunsch zu mir in die Workshops. Da kommen verschiedene alte Geschichten, Unfälle, Ängste hoch. Zum Beispiel eine Frau hat Angst vor Wasser, Angst vorm Wald, es gibt so viele verschiedene Ängste. Da kann es schon sein, dass die Frau zuerst diese Ängste los wird oder dass vielleicht erst mal ein Asthma verschwindet. Die Reihenfolge ergibt sich ganz von alleine.

Und jetzt wieder einige humorvolle Episoden. Also, ein junges Paar hatte sich schon sehr lange von ganzem Herzen ein Kind gewünscht. Sie kamen innerhalb von etwa zwei Jahren einige Male in meine Workshops. Während eines Heilrituals spürte ich ganz deutlich wie sich die Frau richtig aufrichtete, wie sie in ihre Kraft kam. Sie strahlte eine Freude und Stärke aus, und der Mann, der dies auch bemerkte, gleich mit. Es war wunderschön und das freute uns alle. Gleichzeitig hatte ich ein Gefühl: Jetzt könnten die Kinder wirklich kommen! „Sagt mal", meinte ich zu ihnen, „trinkt ihr zu Hause auch mal ab und zu Wein?" „Ja, Rotwein!" kam als Antwort. „Rotwein, das finde ich aber gar nicht so gut, denn Rotwein macht müde! Wie wäre es mit Weißwein, denn Weißwein hält wach. Ich denke, ihr wollt doch Kinder haben, oder!" Der Mann meinte scherzhaft: „Aber Graziella, wir haben gerade eine Menge Rotwein eingekellert!" „Junge, Du weißt doch, wo ich wohne; und ich will sicher kein Kind mehr! Also, wo ist das Problem!?" Dann konnten wir alle miteinander so richtig lachen. Der Workshop war im Sommer und im Herbst kam plötzlich ein riesiges Paket bei mir an. Voll mit gutem Rotwein und anderen hausgemachten Sachen. Auf einer beiliegenden Karte schrieb dieses Paar, dass es ihnen sehr gut ginge und sie meinen Rat befolgen würden. Knappe zehn Tage später erreichte mich wieder eine Karte von den beiden: „Wir haben es jetzt erst erfahren. Wir bekommen ein Kind!" Kurze Zeit später erfuhr ich dann wiederum: Es gibt Zwillinge. Was Humor ausmachen kann!

Eine andere Frau mit Kinderwunsch rief mich an, sie wollte gerne eine Einzelbehandlung haben. „Einzelbehandlungen mache ich nicht! Wenn Sie möchten, besteht die Möglichkeit an einem Workshop teilzunehmen!" Ich nannte ihr den nächsten Termin. „Wie schade, das ist ja schon bald und wir müssen jetzt gerade ausgerechnet an diesem Termin, wo ihr Workshop stattfindet, in den Urlaub fahren!" „Machen Sie sich nichts daraus, in vier Wochen findet der nächste Workshop statt, und wer weiß, was inzwischen noch so alles passiert!?" Vier Wochen später beim Workshop denke ich an nichts Besonderes, da kommt plötzlich eine Frau herein. Strahlend und glücklich. Sie nannte ihren Namen und ich dachte noch so bei mir: Den Namen kenne ich doch. „Ja", sagte sie, „ich bin's und ich bin schwanger! Ich bin nur kurz gekommen, um das mitzuteilen und anderen Frauen auch Hoffnung zu machen, dann gehe ich schnell wieder!" Sicher freuten sich alle mit, aber doch staunten sie etwas, deshalb fügte ich gleich hinzu: „Aber, bevor Sie gehen, sagen Sie doch noch bitte, dass Sie mit Ihrem Mann in Urlaub gefahren sind – und nicht mit mir!" Jetzt konnten wir wirklich alle zusammen in voller Lautstärke und von ganzem Herzen lachen. Wenn das nichts ist!

Humor ist das Tor

Mit Humor kann man sehr viel erreichen! Man kann ein Lachen auf Gesichter zaubern, die zuvor keine Regung zeigten, ja, die wie versteinert waren. Humor kann wie ein Funken die Herzen zum Überlaufen bringen und lautes Lachen in einen stillen Raum tragen. Humor wirkt wie ein Verwandler, wie in einer Alchemie wird die Stimmung veredelt, vergoldet. Mit Humor vorgebrachte Worte werden entschärft. Man kann humorvoll die Wahrheit sagen, ohne zu verletzen. Wahrer Humor, der aus dem Herzen kommt, belehrt nicht, er lehrt. So sagte z. B. jemand zu mir: „Also weißt du, wenn mir das jemand anderes gesagt hätte, dann hätte ich es nicht annehmen können!" In seinem Inneren besitzt der wahre Humor Liebe.

Humorvolle Worte können anderen Menschen eine Hilfe sein! Solche Aussagen nimmt man mit Freude, mit einem Lachen, in sich auf, lässt sie in sich hinein und an sein Herz heran. So hat die Wahrheit eine Chance, sich einen Raum zu schaffen. Humor ist das Tor zu Gott, der in den Herzen aller Menschen wohnt.

Friedvoll sterben

Früher dachte ich, weil das Heilen, Heilen zur Selbstheilung, so etwas Schönes ist, eine Arbeit, die ich wirklich liebe, dass ich nicht so gerne dabei sein würde, wenn jemand stirbt. Im Laufe der Zeit habe ich erfahren dürfen, wie hilfreich es ist, wenn man mit dieser Arbeit gerade jemanden im Sterbeprozess begleiten kann. Leben und Tod ist wie Butter und Brot! Es gibt viele Menschen, die in ihrer Seele verletzt sind. Sie finden nicht so schnell den Weg aus diesem Leben, können doch nicht so leicht sterben.

Manche Menschen sind ausgebildet für die Sterbebegleitung und ich finde, dass sie etwas ganz Wundervolles machen; sie selber kommen dabei oft zu spirituellen Erfahrungen in dieser Zeit. Wenn die Sterbenden wirklich in ihrem Herzen zu Hause sind und in diese Kraft, in Gott, vertrauen, dann gibt es keine Schuldgefühle, dann gibt es Frieden.

Bei uns, in meiner Heimat Slowenien ist es heute noch vereinzelt so wie früher, dass die Toten zunächst zu Hause aufgebahrt werden. Von meinem verstorbenen Bruder konnte ich mich zu Hause in aller Ruhe verabschieden. Ich denke, dass sich jeder wünscht, in Ruhe zu sterben. Oft habe ich die Erfahrung gemacht, dass viele Angehörige in den letzten Augenblicken in eine Unruhe verfallen, noch viele Fragen stellen wollen, einfach vieles noch erledigen wollen. Gerade in der letzten Phase, empfinde ich, ist nur eines wichtig: Ruhe, Ruhe, Ruhe. Immer wieder hört man: „Ich habe mir gerade nur einen Tee holen wollen und dann ist er oder sie gegangen." Ich denke, es ist auch so, dass die Sterbenden nicht wollen, dass die Zurückbleibenden zu sehr leiden. Dann gehen sie in einem ruhigen Moment. Die Würde eines Menschen ist das A und O, nicht nur für die Lebendigen, sondern auch für die Sterbenden und die Toten. Amen!

Ich habe eine Meditation in meiner Gruppenarbeit eingeführt, die ich oft zum Abschluss meiner Veranstaltungen durchführe. Es hat sich gezeigt, dass die Menschen nach ihr geradezu verlangen. Jedes Mal verändert sich diese Meditation ein wenig, weil ja auch jede Situation, jede Begegnung mit Menschen, sich von einer anderen unterscheidet. Man hat hierbei eine wunderbare Möglichkeit eine seelische Erleichterung für Ungeklärtes, Unerledigtes, mithilfe der Geistigen Welt zu finden.

Als Mutter verstehe ich auch die Eltern, die nach jedem Strohhalm greifen, wenn ihr Kind im Sterben liegt. Dies ist für Eltern nur schwer zu ertragen. Man will immer noch nicht glauben. Sie wollen alles versuchen, um ihr Kind zu retten, auch wenn die Ärzte keine Chance mehr sehen. In solchen Fällen legt man alles in Gottes Hände. Als mein Bruder starb, hat mir der Satz meines verstorben Bruders: „Sei nicht traurig Schwester, man geht immer dann, wenn für einen Zeit ist", sehr geholfen und ich mache die Erfahrung, dass er auch für viele andere oft sehr hilfreich ist.

Überall zu Hause

Jeder weiß wie schwierig der Weg zu einer Versöhnung ist, wenn man zerstritten ist. Versöhnung ist nicht machbar und schon gar nicht von jetzt auf nachher. Genauso wenig muss man sich versöhnen. Versöhnung ist ein Prozess. Wenn das Messer quasi noch in der Brust steckt, und die Wunde noch groß ist, gelingt es uns nicht wirklich, uns von Herzen zu versöhnen! Die Kraft hat man dann doch gar nicht! Mit leeren Worten geschieht keine Versöhnung, denn Versöhnung ist eine große und lange Arbeit. Stück für Stück, soweit man kann. Wenn die Wunde später einigermaßen verheilt ist, dann wird man von sich aus bereit sein, sich in kleinen Schritten zu versöhnen. Manchmal geht es schneller, ein anderes Mal kann es Jahre dauern. Bei einer echten Versöhnung ist der schwierigste Teil die Versöhnung mit sich selbst, aber wenn diese geschieht, ist es Gottesgnade. Als ich das erleben durfte, und es brauchte seine Zeit, schrieb ich folgendes Gebet:

„Versöhnung und Abschied von der zweiten Heimat"
(Juli 2003)

Der Wind weht zart und leise, die Sonne scheint.
Die weißen Wolken bilden einen großen Engel.
Das kann nur der Engel der Versöhnung sein.
Was für ein Geschenk Gottes.

Was für ein Abschied, nur Schönes geschieht.
30 Jahre ziehen an mir vorbei wie durch einen goldenen Filter.
Nichts Böses, Nichts Bedrohliches, nur schöne Erinnerungen steigen hoch.

Das kleine Haus, die Familie,
der Kinderwagen, der oft vom Wind geschoben wurde.
Die vielen Hügel und Bäume,
die Katze, die sich nach jedem Regen abtrocknen ließ
anstatt sich abzuschütteln
und vieles, vieles mehr …

Lieber Gott, ich spüre Deine Liebe, Deine Liebe,
die mir Kraft gibt für meine eigene Versöhnung.
Jetzt kann ich mir auch selber verzeihen, wenn ich
besonders den liebsten Menschen zugemutet habe,
mich zu verstehen.
Was sie gar nicht konnten.
Das war meine Unwissenheit.

Jetzt in diesem Moment ist mir auch bewusst,
was meine größte Freude und mein größter
Schmerz in meinem Leben war.

Jetzt weiß ich auch, dass es beides nötig war,
um Dich richtig kennen zu lernen.
Ich spüre Liebe, Frieden und Vertrauen.

Jetzt spüre ich, dass ich überall zu Hause bin,
wo ich mich gerade befinde,
weil Du in meinem Herzen wohnst.

Lieber Gott, es ist so feierlich,
so viel Licht, Kraft und Zuversicht.
Ist das der Himmel auf Erden?

Lachen und weinen zugleich,
das Herz läuft über voller Liebe.
Ach, Du meine Heimat – oder auch nicht,
ich sehe Dich jetzt in vollem Licht.

Lieber Gott, schon so lange habe ich mir das gewünscht.

Du weißt, meine Gebete sind kurz,
aber sie kommen von Herzen
und ich habe immer gewusst,
dass Du mich hörst.

Wie viele Schmerzen und Hunger Du gestillt hast
und du hast die Kälte in Wärme verwandelt.

Wie oft habe ich mit Dir gestritten,
habe es aber nicht lange ausgehalten,
ohne mich mit Dir zu versöhnen.

Jetzt weiß ich, was eine echte Versöhnung ist.
Es bedarf viel, viel Arbeit
und wenn sie aus dem Herzen geschieht,
ist sie **GOTTES GNADE**.

Lieber Gott, ich muss nicht mehr mit Dir streiten,
sondern nur lauschen, wenn Du zu meinem Herzen
sprichst.

Ich sorge mich nicht mehr, wenn sich wieder etwas
querstellt.
Mit Deiner Liebe kann man jede Schranke öffnen
und so kann aus einem schmalen Weg, eine breite
Straße werden.

Lieber Gott, ich danke Dir für diese Gabe
und werde die Aufgabe voller Vertrauen erfüllen.

Und so lautet wieder mein kurzes Gebet:

Jesus Christus – ich bitte Dich um Führung.
Zeig mir bitte den Weg, wenn ich ihn manchmal nicht
so schnell sehe und ich bitte Dich, um die nötige Kraft
diesen Weg zu gehen,
egal wie er aussehen mag,
egal wohin er führt,
wenn er für mich bestimmt ist,
werde ich es tun, werde ich es tun.
Ich danke Dir von ganzem Herzen und Dein Wille
geschehe.
AMEN!

Eine Weihnachtsgeschichte

Vor den Weihnachtsfeiertagen 2003 suchte ich unsere
Oberärztin Dr. med. Andrea Jakobitsch, gerade in dem
Augenblick in ihrem Büro auf, als sie ein Telefonat mit
ihrer Schwester, die im fernen Österreich lebt, führte.
Eine große Verzweiflung hatte sich in diesem Raum
breit gemacht, das spürte ich sofort. Die wenigen Ge-
sprächsfetzen, die ich über die Krankheit der jungen
Frau am anderen Ende der Leitung, mitbekam, ließen
mich ahnen, dass ich nicht zufällig an diese Tür geklopft hatte. Ich bat Frau Dr. Jakobitsch, mich für einen
kurzen Moment die Stimme ihrer Schwester vernehmen zu lassen. Feine und leise Worte, die um die Leben
rettende Hilfe bei der Schwester, der Ärztin, baten,
drangen da in mein Ohr. Ich spürte dieses Leiden so-

gleich mit einem Frösteln am ganzen Körper. In mein Gesicht stieg eine tiefe Röte. Schnell entschlossen bat ich, ob ich direkt mit der Schwester reden dürfe. Beide Frauen stimmten zu. Ich erfuhr, dass die Schwester nach einer fast 20-jährigen chronischen Erkrankung an Magersucht sich momentan zur Behandlung in einer Klinik aufhielt. Sie wog nur noch 36 kg. Statt einer Besserung hatte der Spitalaufenthalt eine Verschlechterung ihres Gesundheitszustands gebracht. Man hatte sie bereits mit einer Sonde ernährt. Ja, ihr Leben hing, wie man so bildhaft sagt, am seidenen Faden. Nun kamen die Weihnachtstage und sie wollte unter keinen Umständen in der Klinik bleiben. Aber, wie sollte sie entscheiden, wo sie doch regelmäßige ärztliche Untersuchungen und Kontrollen brauchte, weil ihr Leben auf dem Spiel stand? Ich sprach ihr Mut zu: „Haben Sie Vertrauen, haben Sie Vertrauen, haben Sie Vertrauen. Alles wird gut!" Ich fühlte, dass sie mir nicht nur mit ihren Ohren, sondern auch mit ihrem Herzen zugehört hatte.

Später erfuhr ich, dass sich nach diesem Telefonat eine Wende im Leben, ja zum Leben hin, ereignet hatte. Bereits kurz nach dem Telefonat begann sie wieder etwas zu essen. Sie verließ die Klinik auf eignen Wunsch und verbrachte die Weihnachtstage mit ihrer Familie. Dort ließ sie sich auch wieder nieder, obwohl die Ärzte ihr, wie vielen, die an Magersucht erkrankt sind, eher dazu rieten, einen gewissen Abstand zur Familie zu halten. Diese Rückkehr in die Familie war für diese junge Frau ein wirkliches Zurück-zu-den-Wurzeln.

Auch im Laufe der Zeit ging es mit ihr bergauf, sie nahm an Gewicht zu und konnte regelmäßig ihre Therapie fortsetzen. Nun, ein Jahr später ist sie ein Lichtbringer für andere und arbeitet unentgeltlich in einem Behindertenheim mit autistischen Kindern. Sie hat den Glauben an ihre eigenen Selbstheilungskräfte, an sich und an den Gott wiedergefunden. Frau Dr. Jakobitsch meint, ich sei der „gute Geist" in diesem Moment gewesen, der im Türrahmen erschien. Ich danke der Geistigen Welt, dass sie mich an diesen Ort geführt hat, wo meine Hilfe gebraucht wurde.

Heilsame Gruppenarbeit

Zu meinen Heilnachmittagen kommen die Menschen einfach ohne vorherige Anmeldung, zum ersten Kennenlernen und Schnuppern. Man will ja wissen: Wer ist diese Frau überhaupt? Will erfahren, ob einem eine solche Arbeit mit diesen Energien bekommt, oder nicht. Später können sie sich ja immer noch entschließen, ob sie tiefer in die Arbeit einsteigen wollen. Stück für Stück, wie jeder will, früher oder zu einem späteren Zeitpunkt, ganz nach eigenem Bedarf.

Die Menschen, die da kommen, sind sehr verschieden. Das bedeutet für mich: erst mal eine Vertrautheit im Raum zu schaffen, so dass jeder so sein kann, wie er ist, und sich wohlfühlen kann.

Zum Einstieg spreche ich ein kurzes Gebet mit leiser Trommelbegleitung oder erzähle zuerst eine kleine Geschichte, je nach Situation. Es folgt eine gemeinsame

Einführungsmeditation. Die Menschen zeigen mir immer, ob Zuspruch, Segen, Umarmen, Handauflegen, Fragen und Antworten angebracht sind. Die Reihenfolge des Ablaufs ergibt sich von selbst. Nach einer kurzen Pause zeige ich eine Heildemonstration. Meistens singen wir auch gemeinsam, oder ich führe noch eine Heilmeditation durch.

Vor Beginn eines Heilnachmittags im November 2004 saß bereits ein Ehepaar vor der Tür. Ich fragte sie: „Sie warten doch nicht schon so früh auf mich – oder?" und die Frau antwortete: „Ja, wir warten auf Sie. Wir sind von weither zu Ihnen gekommen, weil ich geträumt habe, dass Sie mir heute helfen werden! Ich weiß, dass Sie mir heute helfen werden!" In dem Moment strich ich ihr über Gesicht und Haar und sagte: „Ja, sagen Sie mal, was gibt es denn?" Die Frau brach in Tränen aus und sagte: „Ich habe schon seit längerer Zeit Schmerzen, man kann mir nicht helfen, und ich glaube nicht mehr an diesen Gott!" Ich beruhigte sie beide und meinte: „Wir werden sehen, was sich ergibt." Im Verlauf des Heilnachmittags hat die Frau sehr viel geweint. Plötzlich stieg große Freude in ihr auf. Sie strahlte, lachte und weinte Freudentränen zugleich. „Ich muss etwas sagen", meinte sie. „Mit mir ist etwas passiert! Ich empfinde zwar noch die Schmerzen in meinen Beinen, aber von mir ist eine Last abgefallen – innerlich und äußerlich wahrnehmbar. Leichtigkeit, Freude, Zufriedenheit und Liebe verspüre ich!" „Ja wunderbar! Sie haben sich wieder in Ihrem Herzen gefunden und das ist ein großer Schritt! Das heißt ja: im Herzen berührt!", sagte ich zu ihr. Darauf meldete sich auch ihr Mann, stand auf und meinte: „Darf ich auch etwas sagen? Ich will es einfach sagen! Eigentlich dachte ich, ich begleite nur meine Frau, aber auch mit mir ist etwas geschehen! Ich kann es gar nicht wirklich in Worte fassen! Es ist wunderbar!" Beide freuten sich, hielten sich an den Händen und die Frau sagte: „Es ist vollbracht!"

Am gleichen Heilnachmittag meldete sich noch eine andere Frau und sagte, dass sie etwas erzählen möchte. Sie hätte vor Jahren einen Unfall gehabt und anschließend chronische Schmerzen. Zufällig sah sie im Oktober 2004 das Nachtcafé im SWR, wo ich auch zu Gast war. Sie wunderte sich darüber, dass die Sendung in Deutschland aufgenommen wurde, denn sie hatte das Gefühl, als wenn alles ganz in ihrer Nähe stattfinden würde. Sie ging ins Internet und stellte fest, dass ich in ihrer unmittelbaren Nähe, in Dornach, viele Veranstaltungen habe. Plötzlich waren ihre Schmerzen verschwunden. Nun kam sie zum Heilnachmittag, um dabei zu sein und sich zu bedanken. Sie war jetzt noch sehr ergriffen und erzählte das Geschehen allen Anwesenden. Wie ist das möglich? Aber, es ist wahr! Geistige Heilung ist ein Geheimnis und es geschieht immer das, was geschehen soll! Solche Erlebnisse sind nicht an der Tagesordnung, aber wenn sie erzählt werden, bestärken sie auch andere Menschen und natürlich mich ebenso! Danke!

Ein anderes Mal war eine ältere Frau da und ich bemerkte, wie sie ständig auf ihre Uhr schaute. Ich ging auf sie zu und sprach sie leise an: „Ich sehe, Sie schauen auf die Uhr, was bedrückt Sie denn so?" Da schaute sie mich groß an: „Ach, meine Knie, die tun so weh, ich kann ja kaum gehen!" So nahm ich ihr Gesicht in meine Hände und schaute sie an. „Ich bin ja schon so alt!", meinte sie. „Was erzählen Sie denn da! Ich selbst gehe ja schon auf die 70 zu …", meinte ich aufmunternd und schon war das Eis gebrochen. Sie schaute mich an und begann zu weinen. Ich hatte bemerkt, wie sie mit ihren Tränen kämpfte; deshalb hatte sie andauernd auf ihre Uhr geschaut, um sich abzulenken. Viele ungeweinte Tränen bedrückten ihr Herz. Das war die nächste Stufe: Zuerst war sie berührt, dann gerührt und schließlich ist sie dann natürlich in Tränen ausgebrochen. Sie hat geschluchzt, dann den Kopf gehoben und sich bedankt und dann noch gelacht. Die Tränen reinigen das Herz, das Lachen lüftet den Kopf und beides gehört zusammen! „Und überhaupt, was machen jetzt ihre Knie?" „Es geht mir insgesamt besser!" „Stehen Sie bitte mal auf!" Dann ist sie aufgestanden und ist ein paar Runden munter gegangen. „Ich stehe besser und kann auch besser gehen!" Voller Freunde setzte sie sich wieder auf ihren Platz.

Ein halben Meter entfernt saß ein Ehepaar. Ich hatte die Frau bereits früher schon mal gesehen, aber nun war das Ehepaar da. Plötzlich leuchteten die Augen dieser Frau. „Hören Sie, ihre Augen blinken ja richtig, sie glänzen!" „Ja, ich muss auch etwas sagen. Mir ist jetzt plötzlich eine Erkenntnis gekommen!" „Können Sie uns bitte berichten, was für eine Erkenntnis!" „Ja. Wissen Sie was, seit Jahren hatte ich kalte Füße und jetzt ist mir klar geworden, dass ich nicht richtig verwurzelt war. Jetzt wurde mir das bewusst, und meine Füße sind plötzlich warm geworden! Sie sind wirklich ganz warm!"

Einmal habe ich gefragt: „Wer möchte noch zu einer kurzen Heildemonstration kommen?" Wir hatten nicht mehr viel Zeit. Kaum hatte ich die Worte ausgesprochen, stand plötzlich eine Frau vor mir. Ich habe mich noch gewundert, wie schnell sie gewesen war. Dann fragte ich, worum es denn bei ihr ginge und sie sagte einfach: „Krebs!" Ich sagte ihr dann, dass wir eine kurze Behandlung im Sitzen durchführen würden. Sie begann, besser zu atmen, durchzuatmen, Aufseufzer kamen. Man hat direkt gesehen, wie sie sich aufrichtete, es kam Farbe ins Gesicht, sie ist richtig aufgeblüht, und dann sagte sie auf einmal: „Ich spüre Liebe, ich spüre Zufriedenheit, Ruhe, Dankbarkeit. Ich fühle mich zu Hause in meinem Herzen!" Bei allen Anwesenden herrschte eine große Freude, das mitzuerleben und daher forderte ich sie auf: „Stehen Sie bitte mal auf, Sie sehen so schön aus und laufen Sie mal ein Stück!" Die Frau stand auf und lief eine Runde wie auf dem Laufsteg. Sie kam zurück und ich sagte: „Es sieht so schön aus! Bitte drehen Sie die Runde doch noch einmal!" Alle applaudierten ihr, während sie erneut lief. Sie sagte: „Ich bin ja heute morgen noch mit Stöcken gekommen!" Ich habe das überhaupt nicht richtig registriert, weil ich dachte, viele Leute nehmen Stöcke als Gehhilfe. So endete diese Sitzung. Wenn ein krebskranker Mensch, der niedergeschlagen ist, seine Freude wieder gewinnt, dann ist er schon ein Stück erleichtert.

Zu einem späteren Zeitpunkt meldete sie sich zu einer Veranstaltung an. Die Frau kam, sah gut aus und wir sprachen noch einmal über die erste Begegnung. Da sagte sie: „Da war noch etwas geschehen, was Sie noch gar nicht wissen! Damals kam ich ja mit zwei Stöcken. Durch meine Krankheit wurde mein Bein fünfmal operiert und verschiedene Muskelpartien wurden entfernt. Ich konnte damals nur mit Stöcken laufen! Als Sie damals gefragt haben: „Wer kommt zu einer kurzen Heildemonstration?", habe ich mich umgeschaut und diese vielen Hände gesehen, die sich meldeten. „Ich komme doch nie mit meinen Stöcken nach vorne hin!", dachte ich bei mir. So ließ ich die Stöcke einfach stehen, lief nach vorne und wunderte mich selber, als ich plötzlich vor Ihnen stand. Wissen Sie was, in dem Moment habe ich praktisch meine Stöcke abgelegt, und sie seither nie wieder gebraucht. Ich kann jetzt ohne Stöcke laufen und so bin ich heute hier ohne Stöcke!" Was ist da passiert?!

Ein anderes Mal nahm auch eine ältere Dame an einem Workshop teil. Sie hatte sich selbst diesen Tag und den Kurs zum Geschenk gemacht, erzählte sie. Es hat ihr eine große Freude bereitet und sie arbeitete auch schön mit. Aus heiterem Himmel erlebte sie, als sie selbst behandelt wurde, eine riesige Überraschung. Aus einer tiefen Entspannung heraus, erzählte sie plötzlich, was sie innerlich gerade durchlebte. „Indianer, Indianer! Sie machen Feuer und tanzen." Ihr wurde plötzlich auch sehr heiß. Sie befand sich selbst in diesem Feuer und empfand es als wunderbar. Sie erlebte wie sie verbrannte. Zurück blieb nur ihre Asche. Dann kam sie in absolute Ruhe und berichtete nachher, was ihr geschehen ist: „Es war wirklich sehr schön, richtig feierlich! Jetzt habe ich eine Freude in mir. Viele Jahre hatte ich Beschwerden und Schmerzen ohne Ende und ich spürte eine große Last auf meinen Schultern. Die Indianer haben mir allen Ballast weggenommen und mich befreit. Ich fühle mich wie neugeboren!"

Alles ist in Veränderung, alles ist in Bewegung, alles ist im steten Fluss des Lebens. Gerade zurzeit erlebe ich viel Neues in meiner Arbeit. Es zeigt sich sehr Großes, Überwältigendes. Ich spüre, dass die Gruppen, mit denen ich arbeiten werde, immer größer werden. Was das bedeutet, wird sich zeigen. Vielleicht wird meine derzeitige Arbeitsform schon in Kürze Geschichte sein. Dein Wille geschehe!

Viele Schlangen

Meine erste Begegnung mit Schlangen hatte ich, wie schon berichtet, während meiner schamanischen Reise in die untere Welt.

Bei einem schamanischen Ritual, dem schamanischen Tod, spricht man von einer Zerstückelung, d. h. einem Sterben, um wiedergeboren zu werden. Bei einem solchen Ritual hatte ich ein weiteres Erlebnis mit Schlangen. Es geht hierbei natürlich nicht um eine tatsächliche Zerstückelung oder um Tod, sondern um ein Reinigungsritual, das man von der Geistigen Welt erst erbittet. Ich war mir damals noch nicht so ganz sicher, was das alles soll, und als ich gerade dachte: „Vergiss das Ganze!", da sah ich bei geschlossenen Augen, während getrommelt wurde, *wie zwei rosa Schlangen sich um meine Füße links und rechts wickelten und die Tiere zogen mich mit einem Ruck und ich fiel gleich auf den Boden. Ich konnte zusehen, wie mein Körper vorne durch die Mitte aufgeschnitten wurde. Ameisen reinigten meinen Hals. Alles, alle Organe, wurden von verschiedenen Tieren aus dem Körper herausgeholt und auf die Seite gelegt. Mit Wasser wurde dann gereinigt, sauber gespritzt und dann kamen die Organe wieder an ihren Platz zurück. Der Körper wurde geschlossen, verspachtelt, glatt gestrichen. Es war ein total frisches, lebendiges Gefühl, wie neugeboren.*

Dann hatte ich wirklich Schlag auf Schlag immer wieder Träume, in denen Schlangen eine Rolle spielten. Das war für mich ein völlig unerwartetes Zusammentreffen, mit einem Tier, dem ich bis dahin eher ängstlich als neutral gegenüber gestanden habe. Gedanken an Gift, Ersticken und Tod waren immer zuerst da, wenn ich an Schlangen dachte, und ich hätte gewiss keine große Lust verspürt, einer Schlange draußen zu begegnen, sie anfassen zu wollen oder gar sie schön zu finden. *Dann hatte ich einen Traum: ich ging durch die freie Natur und gelangte an einen riesiggroßen Baum mit einem gewaltigen Stamm. Diesen Baum kletterte ich hoch. In der Baumkrone war ein langer Laufsteg aus Holz, der auch durch die Kronen der danebenstehenden Bäume führte. Der Weg bis nach oben dauerte lange. Als ich endlich oben angelangt war und die Bretter dieses Steges betreten*

wollte, sah ich plötzlich vor mir Auge in Auge eine dicke,
riesige Schlange, die in dem Stamm ruhte. Ich getraute mich
nicht, mich zu bewegen und dachte: Die Schlange wird
mich jetzt töten! Doch die Schlange blickte mich weiter ru-
hig an und ließ sich plötzlich bewusst herunter auf die Erde
fallen. Ich hörte ihren Aufprall am Boden, nach diesem tie-
fen Sturz, wie ein lautes Platschen. Dann erhob sich diese
Schlange, verwandelte sich halb in einen Menschen und
ging – sie hatte Beine und Füße – in einem merkwürdig
schiebenden Gang fort. Sie erinnerte mich irgendwie an
diese russischen Babuschkas, die immer kleiner werdenden
Holzpuppen, die Puppen in der Puppe, die in einander ste-
cken. Das Tier, das oben im Baum noch grau-bräunlich wie
eine Viper aussah, hatte auf einmal allerlei bunte Farben
wie ein Regenbogen. Ich sah ihr noch eine Weile nach, wen-
dete mich schließlich um und erblickte im Baum, dort, wo
zuvor die große Schlange gewesen war, ein Nest mit jun-
gen, bunten Schlangen, die wunderschön waren. Ich konnte
sie mir in aller Ruhe anschauen und sie haben mich bei-
nahe wie angelächelt. Es war eine Freude. Dann lief ich
über diesen Holzsteg einfach durch die Baumkronen weiter
und landete am Ende auf einer Straße, die absolut aus Ru-
nen bestand. Jedes dieser Steinchen, die wie Kieselsteine
waren, war ein Symbol. Gerne hätte ich mir davon eins
mitgenommen, aber es waren so viele schöne da, dass ich
mich nicht entscheiden konnte, und so, ließ ich sie einfach
liegen. Ich ging über diese Straße weiter und gelangte auf
eine Schonung, die wie ein großer Platz war. Dort waren
wiederum viele Schlangen ums Feuer versammelt. Alles war
friedlich, und ich hatte keine Angst mehr.

Dann hatte ich einen anderen Schlangen-Traum. *Ich war wieder einmal in den Bergen irgendwo und ich blickte geradeaus und sah gegenüber auf eine Wiese. Dort in der Ferne waren viele Rinder und andere Tiere, die plötzlich abgeschlachtet wurden. Ich sagte noch: „Das kann doch nicht sein, das ist doch fürchterlich! Wie kann man so etwas nur machen?!" Plötzlich waren direkt vor mir wieder viele Schlangen, die sich in absolutem Frieden vorbeugten wie in einem Gebet, und ich hatte überhaupt keine Angst. Ich war richtig mittendrin unter diesen Schlangen und konnte mich ruhig unter ihnen bewegen. Ich habe mich sehr gefreut.*

In einem weiteren Traum stand ich an einem breiteren Bach, in dem die verschiedensten Kristalle und Edelsteine lagen. Sie waren so verschieden und schön, dass ich gar nicht wusste, welche ich mitnehmen sollte. Ich nahm einige in die Hand, betrachtete sie und legte sie in den Fluss zurück. Als ich mich gerade aus dieser gebückten Haltung aufrichten wollte, sah ich eine Schlange, die halb aus dem Wasser mich Auge in Auge anschaute. Sie strahlte eine absolute Ruhe, Schönheit und Frieden aus. Ein wunderbarer Moment, ein schönes Bild und keine Angst.

In einem nächsten Traum war ich wieder einmal in den Bergen und ich bin geklettert und geklettert, weil es geheißen hat: Dort oben ist eine kleine Grotte mit der Muttergottes darin. Es war ziemlich mühsam und anstrengend, hochzukommen, aber schließlich kam ich doch an. In dieser Grotte war außer der Muttergottes noch eine Schlange. Sie war einfach da und war wiederum friedlich. In aller Ruhe konnte ich mir die Muttergottes anschauen.

In einer Vision hatte ich eine weitere Begegnung mit einer Schlange. *Ich befand mich in einer wunderschönen Landschaft. Plötzlich aus heiterem Himmel tanzten und sangen wieder bunt gekleidete Indianer und viele, andere Menschen, junge und alte. Es wurde getrommelt und gesungen. Ich habe mich gefreut, und auf einmal stieg direkt vor mir eine rosa Schlange steil gerade in die Höhe. Ich musste ihr richtig nachschauen und erblickte oben in diesem Himmel ein Bild von Jesus, der alles, diese ganze Erde, überblickte und über ihr war. Das war ein ganz starkes, gewaltiges Bild.* Hier in dieser Vision war diese rosa Schlange der Wegweiser zu Gott, dem ich mit meinen Blick langsam nach oben, in Richtung Himmel, gefolgt bin, wo ich diesen Christus über das ganze Firmament ausgebreitet sehen konnte. Das war ein ganz ergreifendes Bild, den über allem wachenden und beschützenden Christus zu sehen.

Schlangen sind für mich die Wesen, die sich immer wieder transformieren, sich immer wieder erneuern. Als Symbole für die Erde stehen sie dem Adler (White Eagle) als Himmelssymbol gewissermaßen gegenüber.

Ein Pfarrer und die Vision

1994 hatte ich eine Vision, die mich damals sehr verwunderte: *Ich sah mich in einem großen Saal auf einer Bühne stehend, während ich zu sehr vielen Menschen sprach.*

Normalerweise hätte ich mich eher in die letzte Reihe gestellt und mache das noch heute. Ich dränge mich nirgendwo gerne auf. Das ist nicht meine Sache. So hatte mich diese Vision auch etwas befremdet.

Im Frühjahr 2004 rief Pfarrer Hansueli Ryser aus Liebefeld bei Bern in Bruderholz an und fragte nach, ob PD Dr. med. Bösch und ich an einer Vortragsreihe mit einem Beitrag teilnehmen wollten. Dr. med. Bösch war zu dem geplanten Zeitpunkt verreist und so sollte ich alleine kommen. Bereits am Telefon verspürte ich, dass hier ein besonders warmherziger Mensch am anderen Ende sprach. „Wie soll ich denn Ihren Vortrag ausschreiben?", fragte er mich. „Ja, wie wäre es mit: ,Im Herzen berührt, zurück zu den Wurzeln, aus eigener Kraft voran!'", antwortete ich. Pfarrer Ryser war zunächst etwas irritiert. „Wissen Sie, ich bin doch sehr konservativ. „Im Herzen berührt", ja, aber, „aus eigener Kraft", das klingt für mich nun doch schon recht esoterisch und nach Selbstverwirklichung!" „Aber, Herr Pfarrer, was ist denn die „eigene Kraft"? Das ist doch die Kraft oder der Gott in uns, den jeder in sich trägt!", antwortete ich. „Eine Selbstverwirklichung kann ja gar nicht stattfinden, wenn wir nicht aus eigener Kraft, dem Gott in uns, handeln!" Unser Gespräch verlief dann noch sehr herzlich und heiter weiter. Wir trafen die Vorbereitungen für den Vortrag, auf den ich mich immer mehr freute und besonders darauf, Hansueli Ryser persönlich kennen zu lernen.

Bei den Planungen hatten wir mit etwa 50 bis 60 Zuhörern gerechnet. Nun füllte sich der Saal mit einer immer größer werdenden Zahl von Menschen. „Das werden wir doch schaffen – oder?!" stellte Pfarrer

Hansueli Ryser schmunzelnd fest. Als dann tatsächlich über 200 Personen im Raum waren, wurde mir doch etwas mulmig. Die Gelassenheit und Freude von Pfarrer Ryser hat mich gestärkt, und so betraten wir den Saal. Alles verlief ziemlich gut, obwohl es für mich eine neue, ungewohnte Situation war. In solchen Momenten pflege ich zu sagen: „Wir Menschen, alle Menschen, brauchen uns gegenseitig!" Es ist alles geregelt, und so verhalf mir dieser Pfarrer zur Verwirklichung meiner Vision. Ich danke ihm von ganzem Herzen!

Die Krönung von Dornach

Jetzt, wo ich weiß, dass dieses Projekt, die Studie über die ungewollte Kinderlosigkeit bald zu Ende gehen wird, wo ich nach gut sieben Jahren in Kürze Bruderholz verlassen werde, hat mir das Team von der EPD/BL eine wunderbare Überraschung bereitet. Unsere Teamleiterin Margrit Schmied fragte mich, ob ich speziell für sie in Dornach eine Heilveranstaltung durchführen würde. Dieser Wunsch hat mich sehr gerührt, und ich sagte gerne zu.

Am 16. Juni 2004 kam das Personal, die Therapeuten, Ärzte und Angestellten, der EPD Baselland anlässlich des jährlichen Weiterbildungsausflugs zu mir. Für mich war es eine richtige Ehre und ein rührender Moment all die Menschen, die mir im Laufe der Jahre wichtig geworden sind, in der Dornacher Bibliothek empfangen zu dürfen. Dieser Besuch war die Krönung meiner Jahre auf Bruderholz.

Jetzt kann ich getrost sagen, ich mache einen wunderbaren Abgang mit einem Erinnerungsfoto in meinem Herzen, das bleiben wird.

„Wir kamen gerade in Richtung Kirche, als die Glocken dort anfingen zu läuten", mit diesen Worten wurde ich von ihnen in Dornach schmunzelnd begrüßt: Das passt doch – oder! So konnten wir einen schönen, heilsamen Nachmittag miteinander verbringen und ich konnte ihnen eine kleine Kombination meiner Arbeit zeigen. Wir arbeiteten auch alle miteinander. Danach hat sich herausgestellt, dass ein Oberarzt seine Milchallergie verloren hat. Eine Ärztin, die seit vielen Jahren an Asthma litt, konnte später ihre Medikamente absetzen. Es geht ihr gut. Eine dritte Person hat ihre Rückenbeschwerden verloren.

Ich habe auf Bruderholz viel gelernt. Es war auch für mich eine gute und schöne Zeit!

Dafür möchte ich mich herzlich bedanken.

Neuland II.

Ein Ausblick in die Zukunft

Immer wieder träumte ich von Bergen und Seen. Später stellte ich fest, dass das Antoniushaus Mattli in Morschach Ähnlichkeit mit diesen Traumbildern hat. Deshalb begann mich dieser Ort mehr zu interessieren. Da ich dort mit meiner Arbeit bereits wirkte, kam ich auf den Gedanken, nach meiner Zeit auf Bruderholz vielleicht dort zu wohnen. Trotzdem zögerte ich noch etwas und so bat ich am Abend nach einem Seminar im Antoniushaus die Geistige Welt um ein Zeichen.

Morgens vor dem Frühstück hatte ich eine große Freude und plötzlich, wie aus dem Nichts, zeigte sich ein breiter, starker Regenbogen, ohne dass es regnete. Er breitete sich direkt über diesem Gebäude aus und zog hoch zum Berg. Für mich war das ein ganz klares Zeichen. So entschloss ich mich, auch an diesem Ort zu wirken.

Ich danke dem Gott, der in allem ist, was existiert. Immer wieder zeigt er sich mir: in meinem Herzen, in Visionen und Träumen, in der Schönheit einer Landschaft, bei meiner Arbeit und in all den Menschen, die mir meinen Weg weisen, den ich mit Freuden und voller Vertrauen weitergehen werde.

Gebete

Für meinen Bruder Veljko
(Ostern 2002 Bruderholz)

Es ist wieder morgens vier
und ich greife zu Bleistift und Papier.

Lieber Bruder, Du scheinst auch nicht zu schlafen,
dann hilf mir bitte beim Schaffen.

Ja, Schwester erinnerst Du Dich an meine Worte,
sie erreichten viele Orte.
Nur Du warst nicht so leicht zu überzeugen
Und es freut mich, dass gerade Du es bist heut,
die sich nicht scheut,
sich vor unserem Herrn zu beugen.

Das war auch mein Weg
und es freut mich, dass Du
ihn heute so tapfer gehst.

Ja, ich bin ein großer Engel,
der Dich und auch alle,
die mit Dir verbunden sind, beschützt.

Ja, mein Bruderherz
manchmal kam mir alles vor wie ein kleiner Scherz.
Doch heute weiß ich,

dass alles **wahr** ist:
Deine vielen schönen Worte
immer liebevoll, mit tiefem Sinn.

Heute weiß ich und spüre,
was das alles bedeutet.
Ich danke Dir von ganzem Herzen
für die vielen Jahre,
die Du voller Liebe und Geduld
auf mich gewartet hast.

Deine Hände und
Deine liebevollen Augen
und Dein sanftes Lächeln,
als ich mich Dir offenbarte!

Du hast mir den Weg gezeigt,
den ich jetzt mit vollem Vertrauen
ohne Umwege gehe.

Selbst nach Deinem Tode
hast Du mich bestärkt,
mich von vielen Ängsten befreit,
mir Mut gemacht
und Kraft gegeben
diesen wunderschönen Weg zu gehen.

Ich habe Dich
als großen weißen Engel gesehen
und noch heute höre ich Deine Worte:

**„Sei nicht traurig Schwester
man geht dann, wenn für einen Zeit ist!"**

Ja, diese Worte haben auch
mir die Angst vor dem Sterben genommen.
Ich danke Dir!

Bei meiner Arbeit spüre ich
deutlich Deine Hilfe.
Es ist wunderbar zu wissen,
wie groß das Ganze ist.

Durch Dich bekam für mich
der Regenbogen
einen Sinn.

Heute weiß ich,
das ist die Brücke.
Die Brücke,
die Himmel und
Erde verbindet.

Auch viele andere Menschen
nehmen Dich wahr.
Das tut mir gut und macht
uns allen Mut.

Ja, Schwester, so geht das Leben heiter weiter
voller Arbeit, Zuversicht und Liebe,
auch wenn manchmal nicht
ganz ohne Hiebe.

Auf Gottes Arm
werden wir **nie** arm.

Ich danke Dir mein Bruderherz!

Jesus Christus
(Ostern 2002 Bruderholz)

Jesus Christus,
Öffne mir bitte die Tür,
denn ich möchte so gerne zu Dir.
Öffne mir bitte die Tür,
denn ich möchte so gerne zu Dir.

**O, schon lange nichts mehr gehört,
es läuft doch nichts verkehrt?**

Jesus Christus
Nimm bitte meine Hände
und führe mich bis ans Lebensende!
Nimm bitte meine Hände
und führe mich bis ans Lebensende!

**Mein Kind, mein Kind,
das ist schon längst geschehen,
wo liegt das wirkliche Problem?**

Jesus Christus,
Warum muss ich so viel weinen?
Warum muss ich so viel weinen?

Mein Kind, mein Kind,
was für eine Frage,
um Dich mit mir zu vereinen.

Jesus Christus,
Ich fühle mich so schwer
und gleichzeitig so leer.
Ich fühle mich so schwer
und gleichzeitig so leer.

Mein Kind, mein Kind,
wie wäre es mit dem Meer?
Die Mutter Erde,
der weiße Sand, wird Dich tragen,
das Wasser Deine Schwere leeren,
die Sonne Dich mit meiner Liebe füllen,
der Wind trocknet Deine Tränen
und Du darfst Dich an mich anlehnen!

Jesus Christus,
Ich liebe Dich so sehr
und danke Dir für alle diese Gaben.
Ich weiß,
Du bist die Kraft,
durch die ich
riechen,
schmecken,
sehen,
fühlen und hören darf.
Ich glaube an Dich!

Mein Kind, mein Kind,
siehst Du den Regenbogen?
Das Licht in allen Farben?
Das heilt viele, viele Narben.
Das ist die Straße, die uns verbindet.
Und die goldene Sonne,
die Dein Herz so erstrahlt,
dass meine Funken überspringen
und so auch andre Herzen beschwingen.
Mein Kind, mein Kind,
siehst Du den Mond und die Sterne?
Sie lassen Dich sehen
in die weite Ferne.
Noch Fragen, mein Kind?

Jesus Christus,
Ich danke Dir.
Ich bin jetzt still.
Ich bin jetzt still.
Mit meinem Herzen voller Demut,
Freude, Zuversicht und Liebe.
Ich gehe jetzt.
Ich gehe jetzt.
Du kannst die Türe wieder schließen.
denn ich weiß,
der Schlüssel ist
in meinem Herzen.
Und wenn ich wieder
nicht so recht weiß und kann,
klopfe ich leise bei Dir an.

Amen!

Wach auf und lausche
(Bruderholz, 23.12.2003)

Gehe nur Deinen Weg, mein Kind,
denn das ist auch mein Weg.

Die Versuchung wird immer groß sein,
lass Dich nicht beirren,

denn mit meiner Liebe
wirst Du Dich nie verlieren.

Die Menschen brennen nach der Wahrheit,
Ihre Herzen dürsten nach der Wahren Liebe.

Vertraue Du nur in meine Führung,
so wirke ich bei jeder Berührung.

Deine Gebete höre ich jeden Tag.
Das Bitten und Flehen nach
Licht, Kraft, Liebe und Zuversicht,
Vertrauen und Heilung.
Uns kann nichts mehr trennen.
So ist meine Hand auch Deine Hand,
Meine Augen auch Deine Augen,
Meine Ohren auch Deine Ohren.

und:
Mein Geburtstag auch Dein Geburtstag.
Jetzt kannst Du wieder schlafen.

Lieber Gott, ich danke Dir von ganzem Herzen
und bitte um Führung bis in alle Ewigkeit:
Dein Wille geschehe!

AMEN!